JN130376

文学に見る戦争と平和

伊豆利彦

本の泉社

《目次》

北村透谷　『平和』発行之辞……10
泉　鏡花　「海城発電」……13
島崎藤村　「農夫」（『藤村詩集』「夏草」）……16
幸徳秋水　「二十世紀之怪物　帝国主義」……19
内村鑑三　「寡婦《やもめ》の除夜」……22
木下尚江　「火の柱」……26
与謝野晶子　「君死にたまうことなかれ」……29
夏目漱石　「趣味の遺伝」……32
徳富蘆花　「勝利の悲哀」……35
田山花袋　「一兵卒」……38
石川啄木　「新らしき都の基礎」……42
武者小路実篤　「ある青年の夢」（戯曲）……46
夏目漱石　「私の個人主義」……50
黒島伝治　「渦巻ける烏の群」……53
アンチミリタリストの立場（題言）『種蒔く人』一九二一年一二月号……56

芥川龍之介　「将軍」……59
越中谷利一　一兵卒の震災手記　「戦争ニ対スル戦争」……63
黒島伝治　「武装せる市街」……66
小林多喜二　「沼尻村」……69
野上弥生子　「迷路」……73
火野葦平　「土と兵隊」……76
石川達三　「生きている兵隊」……80
宮本百合子　「その年」……83
永井荷風　『断腸亭日乗』……87
広津和郎　「政治と文学」……91
北　杜夫　「楡家の人々」……95
吉田嘉七　『ガダルカナル戦詩集』……99
野間　宏　「真空地帯」……103
大岡昇平　「野火」……107
吉村　昭　「殉国」……111
坂口安吾　「白痴」……115

野坂昭如「火垂るの墓」……119
高井有一「少年たちの戦場」……123
宮本百合子「獄中への手紙」……127
梅崎春生「桜島」……130
原　民喜「夏の花」……133
宮本百合子「播州平野」……137
志賀直哉「灰色の月」……140
徳永　直「妻よねむれ」……144
石川　淳「黄金伝説」……148
野間　宏「顔のなかの赤い月」……152
武田泰淳「蝮のすえ」……155
小島信夫「アメリカン・スクール」……159
大江健三郎「人間の羊」……163
堀田善衞「広場の孤独」……167
原　民喜「鎮魂歌」……171
金達寿「玄海灘」……174

武田泰淳「風媒花」……178
川端康成「山の音」……181
堀田善衛「記念碑」……185
遠藤周作「海と毒薬」……188
石川達三「風にそよぐ葦」……192
郷　静子「れくいえむ」……195
加賀乙彦「帰らざる夏」……199
堀田善衛「審判」その一……203
その二……206
太宰　治「たずねびと」……209
開高　健「青い月曜日」その一……212
その二……215
島尾敏雄「出発は遂に訪れず」……219
吉田　満「戦艦大和の最期」……223
渡辺　清「戦艦武蔵の最期」その一……226
その二……229

阿川弘之　「雲の墓標」その一……233
その二……236
林　京子　「祭りの場」その一……240
その二……243
遠藤周作　「女の一生〈第二部〉サチ子の場合」その一……247
その二……250
灰谷健次郎　「太陽の子」その一……253
その二……256
大田洋子　「半人間」……260
大田洋子　「屍の街」その一……264
その二……267
城山三郎　「大義の末」その一……270
その二……273

文学に見る戦争と平和

北村透谷『平和』発行之辞

吾人は苟《いやし》くも基督《キリスト》の立教の下にあつて四海兄弟の真理を奉じ、この大理を破り邦々相傷《くにぐにそこな》ふを以て、人類の恥辱之より甚しきはなしと信ず。

日本平和会の機関誌『平和』の創刊は一八九二年（明治二五）三月。北村透谷は一八八九年の会結成当初から参加し、『平和』創刊後は編集を受け持って、「発行の辞」をはじめ多数の論稿を書いた。日清戦争以前で、平和という言葉自体が珍しかった時代である。自分たちはキリスト教の立場に立つが、「凡そ道義を唱へ、正心を尊ぶもの」は仏教でも儒教でも一緒にやって行きたい。人と人、国と国の間の不信、虚偽や欺瞞の横行、弱肉強食の原理が人間界を支配し続けるなら、人間を霊長と言うことはできない。キリストでも釈迦でも孔子でも、人類が戦い合い、殺しあうことを禁じないものはなかった。「発行の辞」はこのように述べて、あらゆる宗教が平和のために協力することを求めた。「凶器の横威」が人倫をみだし、天地を暗くしている。武器の進歩は日進月歩で、全欧を猛炎で焼き尽くすことも容易になった。これからは「人種の戦争」が多くなり、「塵戦又塵戦、都市を荒野に変ずるまでは止まじ」ということになるだろう。『平和』を創刊し、「平和の君」を世に紹介するのは決して偶然ではないと透谷は述べた。

「最後の勝利者は誰ぞ」（第二号）は「世は相戦う、人は相争う、戦うに尽くる期あるか。争うに終わる時あるか。殺す者は殺さるる者となり、殺さるる者はまた殺す者となる」と述べ、武力によって世界を支配しようとする者は、限りなく戦争を続け、ついに倒れるまでそれを止めることができないと論じた。

これは漱石がロンドンで考えたことであり、蘆花が日露戦争を経験して痛感したことである。同じことを、鑑三も日清戦争を経験して知り、日露戦争に反対する非戦論を展開した。それを思えば、透谷の思想と文学がいかに時代に先駆けたものであるかが分かる。孤立と絶望に苦しむ透谷はしきりに「希望」を論じ、「未来」に期待したが、刀折れ、矢尽きて、日清戦争の前夜に倒れた。『平和』も一二号で終わった。

一世紀以上の歳月が経った。日本は幾つもの戦争を経験し、多くの犠牲者を出したが、第二次大戦後、平和運動は大きな発展を遂げ、今また新しい段階を迎えようとしている。平和と文学の新しいシリーズの最初に、ごく少数で始められた日本最初の平和運動を振り返り、感慨深い。なおこの平和協会の中心はフレンド派のキリスト教徒であった。毎年のように来日し、今年（二〇〇一年）のビキニ・デーで報告されたジョゼフ・ガーソンさんもこの派に属する平和運動家であることに、両国の平和運動の関係の遠く深いことを思う。

一八六八年（明治元）―一八九四年（明治二七）。小田原の生まれ。東京専門学校（現・早稲田大学）政治科に入学。自由民権運動に参加するが、のち運動から離れる。「厭世詩家と女性」を『女学雑誌』に発表し、近代的な恋愛観を表明した。明治女学校に講師として出講した。イギリスから来日したクエーカー教徒と親交を深め、絶対的平和主義に共鳴した。日本平和会の結成に参加し、機関誌「平和」にも寄稿した。しかし、精神的変調から、自殺を遂げた。代表作に「人生に相渉るとは何の謂ぞ」「内部生命論」「蓬莱曲」などがある。「『平和』発行之辞」は、一八九二年（明治二五）『平和』に発表。『現代日本文学大系　6　北村透谷・山路愛山集』（筑摩書房）に収録。

泉　鏡花「海城発電」

余は目撃せり日本軍の中には赤十字の義務を完うして、敵より感謝状を贈られたる国賊あり。然れどもまた敵愾心のために清国の病婦を捉へて、犯し辱めたる愛国の軍夫あり。

「海城発電」は『太陽』一八九六（明治二九）年一月号に発表された。日清戦争当時、日本軍が占領した中国遼寧省の海城を舞台とする話である。捕虜になった日本の看護員が、清国の傷病兵の看護に尽力し、感謝状をもらって帰って来た。敵情を訊問された看護員は、夜の目も寝ず、ひたすら看護に没頭したから、敵情については何も見聞きする余裕がなかったと答えた。これに激昂した軍夫（軍の雑役をする人夫）たちは、国賊だとののしり、感謝状を破り棄てよと迫る。看護員は自分は戦闘員ではなく、赤十字の看護員であるから「職務上病傷兵を救護するには、敵だの、味方だの、日本だの、清国だのという、左様な名称も区別もない」と主張して、軍夫たちの脅迫に屈しなかった。軍夫たちは懲罰のためと称して、この看護員を恋い慕う病気の清国人少女を引きずり出し、凌辱し、輪姦して、死にいたらせた。冒頭文はこれを目撃したイギリスの新聞記者が「海城発」として、本国の通信社に打電したものである。

日清戦争は最初の本格的な対外戦争で、万国公法の尊重を宣言していた。この看護員が特別な追及を受けなかったのはこのためであろう。しかし、「愛国心」を呼号する軍夫たちはこれを不満として無法な暴行を働いたのである。軍夫の長は「衆目の見る処、貴様は国体のいかむをを解さない非義、劣等、怯奴《きょうど》である、国賊である、破廉恥、無気力の人外《にんがい》である」「日本人の資格のないもの」であると罵る。「愛国心」の強調は民族差別、人間差別と結びつき、人権を蹂躙する無法の暴行を働かせるのである。「権利はないが暴力じゃ」という軍夫長の言葉に愛国主義者の本質があらわれている。

泉鏡花は「義血侠血」(「滝の白糸」)「婦系図」で親しまれ、ひたすら恋愛を美化し、感情に溺れる作家のように思われているが、愛と人情の作家だからこそ、愛する女のために脱営し、殺人まで犯して銃殺される青年を描いた「琵琶伝」(一八九六年一月)のような作品を書いた。戦争は愛を引き裂き、生活を破壊する。愛と真実を追求する文学の歴史の根底には、平和への熱い願いが煮えたぎっている。平和を求める日本人の願いは、私たちが想像するよりはるかに広く深いのである。

明治以来の日本文学を新しく読みなおすことは、戦争の歴史に押しつぶされた日本人の魂の声に耳を傾けることであり、日本の歴史を新しく発見しなおすことである。この無数の日本人の魂の声を今日によみがえらせ、私たちの平和のたたかいを、日本の歴史と文学の大きな流れに支えられた、広く深いものとして発展させたい。

一八七三年（明治六）―一九三九年（昭和一四）。金沢市の生まれ。父は、加賀藩細工方に属する錺職人。上京し、尾崎紅葉の門下となる。「夜行巡査」「外科室」などで文壇の地歩をえる。「高野聖」を発表するに至って人気作家となる。近代における幻想文学の先駆者として近年評価されている。

代表作として、「照葉狂言」「婦系図」「歌行燈」「日本橋」などがある。「海城発電」は、一八九六年（明治二九）に『太陽』に発表。岩波文庫『外科室・海城発電』に収録。

島崎藤村　「農夫」（『藤村詩集』「夏草」）

誰《たれ》か火に入る虫のごと
活《い》ける命をほろぼして
あだし火炎《ほのほ》に身を焚《た》くの
おろかのわざをまなぶべき

一八九八年（明治三一）に発表されたこの詩は、日清戦争を背景に、召集を受けた若い農夫の苦悩を歌っている。もともとは武士の家柄であることを誇る父は、戦争を嫌って眠れぬ夜を重ねる農夫に、我が家の「高きほまれ」を捨て、世間の道理も分からなくなるほど戦争を恐れるのかと責める。これに対して農夫は、自分は戦争を恐れているのではない、たとえ今、大砲が目の前で轟いても、自分は静かに鍬《くわ》をとり、長い年月働きなれた利根川の岸辺で、田を耕し続けるだろうと言い、「うき世の闘争《あらそい》」で夢でないものはない、名誉も功業もすべて空しいと、戦争で血を流すことを否定する。

父はこれを聞き、この世を嘲り否定する言葉は「さわやか」なようだが、「罵《ののし》り狂ふますらを」の末路は、結局、「みな落魄《おちぶれ》と涙のみ」と戒め、もしおまえの言葉が世間にもれでもしたらどうなるかと怒る。この世の道理を説き、名誉ある我が家の血統を強調して激しく怒る父は、しかし実は、何よりも「世の人」を恐れ、我が子の思想が世間に洩れることを恐れているのであった。そして母は、お前の気持ちはよく分かると言いながら、情に訴えて、我が子の心を翻させようとする。

さはれかくまで言ひはりて／軍《いくさ》の旅を厭《いと》ひなば／その暁やいかならむ／思ふも苦し罪人《つみびと》と／名にも呼ばれてあさゆふべ／暗き牢獄《ひとや》の窓により／星の光を見るの外／身に添ふ影もあらざらん

母は、あくまでも戦争を拒否したならば国家の罪人となり、牢獄に囚われの身となり、辛い月日を過ごさなければならない、我が家の幸福も一夜にして破れてしまうと嘆く。義を強調して国家への従属を迫る父には逆らう農夫も、この母の、情に訴える言葉には逆らえず、ついに兵士として戦場にかりだされて行く。

「自己を隠して生きよ」という父の戒めを破り、新しい人生に進み出る『破戒』を書いたのは日露戦争の最中であった。『落梅集』「壮年」の一節「告別」は、「罪人と名にも呼ばれむ／罪人《つみびと》と名にも呼ばれむ」という繰り返しの詩句からはじまり、「吾父の射る矢に立ちて／消えむとは思ひかけずよ」とうたっている。父にそむくことは世の掟にそむき、国にそむくことであった。万歳に湧き立つ日本にあって、自己の真実を貫こうとすれば、罪人としてこの世を追われなければならない。

藤村は戦場に動員される兵士たちを送る万歳の声を聞きながら、孤独な思いに耐えて、人生の戦いの従軍記者という覚悟で『破戒』を書きつづけたことを何度も繰返して回想している。

一八七二年（明治五）―一九四三年（昭和一八）。長野県馬籠村（現・岐阜県中津川市）の旧家の生まれ。上京し、明治学院卒。北村透谷らと「文学界」を創刊。詩人として出発し詩集「若菜集」などを発表する。のち小説に転じ、「破戒」を刊行、「春」「家」などの自伝的作品で、自然主義文学の作家としての地位を確立した。その他、「新生」や大作「夜明け前」などがある。

「農夫」は、一八九八年（明治三一）に「藤村詩集」の「夏草」に発表。岩波文庫『藤村詩抄』、新潮文庫『藤村詩集』などに収録。

幸徳秋水「二十世紀之怪物　帝国主義」

彼等は戦争の罪悪にして且つ害毒なることを知れり、彼等は可及的之を避けんと希《ねが》はざるはなし。彼等は平和と博愛の、正義にして且つ福利なることを知れり、彼等は可及的速に之が実現を望まざるはなし。而かも何ぞ断々乎として其戦争に対する準備を廃して、以て平和と博愛の福利を享けざるや。

『二十世紀之怪物　帝国主義』は一九〇一（明治三四）年の四月に刊行された。二〇世紀は帝国主義戦争の時代であった。この百年の間に二度の世界大戦が戦われ、想像を絶する大きな犠牲を出し、戦争の悲惨さと愚かさを誰もが自覚するにいたった。しかも、世界には今なお三万発もの核兵器が残され、現代科学の粋を集め、多大の財貨を集中して、軍事力の増強がはかられている。二〇世紀の最後の年に、この世紀の初頭に日本人が世界に先駆けて書いた帝国主義論をふりかえることは、戦争と平和の問題を百年の展望で総括し、二一世紀に向けて、平和運動の新しい段階を構築する上で意味のあることだと思う。

幸徳は「英國は南阿を伐てり、米国は比律賓《フィリピン》を討てり、独逸は膠州《こうしゅう》を取れり、露國は満洲を奪へり、佛国はファシヨダを征せり、伊太利はアビシニアに戦へり。是れ近時の帝國主義を行ふ所以の較著なる現象也。帝国主義の向ふ所、軍備、若くば軍備を後援とせる外交の之に伴はざるなし。」と書いている。日本も先進欧米諸国の真似をして、日清戦争で台湾を奪い、義和団事件では列強に荷担して派兵した。そして、中国、朝鮮の支配をめぐってロシアと対立との対立を強め、軍事力の大規模な拡張を行った。このため、むやみに愛国心を鼓吹し、人民に過重な税負担を押しつけた。

「今や我日本も亦此主義に熱狂して反らず。一三師団の陸軍、三〇万屯の海軍は拡張されたり。台湾の領土は増大されたり、北清の事件には軍隊を派遣せり、国威と国光は之が為に揚れり。軍人の胸間には幾多の勲章を装飾せり、議会は之を賛美せり、文士詩人は之を謳歌せり。而して是れ幾何か我国民を大にせる乎、幾何の福利を我社会に与へたる乎。」

軍事力の増強は国家財政の破綻を招き、増税に次ぐ増税による国民生活の窮乏と、市場の縮小は一国の経済を破壊する。経済だけではない。道徳的にも腐敗堕落し、破滅の道をたどるのだ。軍事力によって他国を支配する国は、一時は繁栄しているように見えても、結局は滅亡せずにはいないのだ。

一八七一年（明治四）―一九一一年（明治四四）。本名は伝次郎。高知県の生まれ。日本における社会主義の先駆者のひとり。中江兆民の指導を受ける。「平民新聞」を発行し、非戦論をとなえる。一九一〇年、明治天皇暗殺の大逆事件の首謀者にでっち上げられ、絞首刑に処せられた。他の著書に、「社会主義神髄」「基督抹殺論」などがある。「廿世紀之怪物　帝国主義」は、一九〇一年に刊行された。岩波文庫、光文社古典新訳文庫などに収録。

内村鑑三「寡婦《やもめ》の除夜」

月清し、星白し、　　霜深し、夜寒し、
家貧し、友少なし、　　歳尽きて人帰らず

思いは走る西の海、　　涙は凍る威海湾、
南の島に船出せし、　　恋しき人の跡ゆかし

「明治二九年の歳末、軍人が戦勝に誇るを憤りて詠める」という副題がある。ここには最初の二連をかかげた。一八九四（明治二七）年、朝鮮から清国を排除しようとして出兵した日本は、黄海海戦で勝利し、鴨緑江を越えて清国内に侵入、第二軍は遼東半島に上陸して旅順、大連を占領した。さらに山東省の威海衛を海陸から攻撃して占領し、澎湖列島で戦い、台湾の占領を目指した。はじめて経験する対外戦争の勝利に、国民は熱狂し、軍人は驕慢になった。そして、次のロシアとの戦争に国民をかりたてる動きがつよまった。

戦勝を祝う新年のために、人々は晴れ着を用意し、軍功を誇る軍人の家は祝い酒にわきかえっている。しかし、自分たちとはなんの関係もない、恐らくはその名も知らなかったはるかに遠い異国の戦場で夫をうしなった妻たちは、働き手をうしなって生活が苦しく、国中が戦勝にわきたつなかで、いっそう孤独を感じ、せつない悲しみにくれた。

第一連の詩句は最終連でまた繰返される。キリスト教徒たちの多くも戦争を支持し、讃美した。鑑三はこれらの仲間たちと別れ、孤独と貧苦にたえて、平和のためにたたかおうとした。そのさびしい心が、世にそむいて、ひっそりと西の海、南の海でたたかって戦死した夫の墓にもうでる戦死者の妻の心に託して歌われている。この詩は『福音新報』の一八九六年一二月二五日号に発表されている。そこにはクリスマスとともに戦勝を祝うキリスト教徒に対する訴えという意味がこめられていると思われる。

鑑三は日清戦争を朝鮮独立のための義戦であると信じ、英文で「日清戦争の義」を発表して、世界に向けて日本の正義を訴えた。「正義はこの世においては剣をもって決行すべきものとのみ」思っていたのである。しかし、日清戦争の結果は「戦争の害あって利のないこと」を教えた。朝鮮の独立はかえって危うくされ、戦勝国である日本は道徳的に非常に堕落した。「自由国」であると信じてきたアメリカも、フィリッピンをスペインから奪いとった米西戦争の結果、明白な「圧制国」となり、「世界第一の武装国」になろうとしている。この思想の変化にともなう社会の腐敗堕落は言語にたえない程であると、鑑三は述べている（「余が非戦論者となりし由来」）。

前回とりあげた幸徳秋水の『帝国主義』に鑑三は序文をよせ、君はキリスト信者ではないが、世のいわゆる愛国心なるものをつよく憎み、自由国アメリカに行ったことはないが、まじめな社会主義者であると記した。戦争を支持する古いキリスト教徒の友人たちとわかれた鑑三は、新しい友人である幸徳ら社会主義者と同じ演壇で、鉱毒事件や非戦の思想についてはげしく訴えた。思想、信条のちがいを越えて、共同の戦いを戦ったのである。

正宗白鳥、有島武郎、志賀直哉などは、この鑑三から大きな影響を受けた。野上弥生子も明治女学校時代に鑑三の影響を受けたと述べている。

一八六一年（万延二）―一九三〇年（昭和五）。江戸小石川の生まれ。札幌農学校卒。在学中に、キリスト教の洗礼を受け、のち無教会派キリスト教伝道者として活動。
第一高等中学校の教員の時、不敬事件のため免職された。「万朝報」記者となり、足尾鉱毒事件の実態を訴え、日露戦争においては幸徳秋水らと非戦論を唱えた。著書に、「余は如何にして基督信徒となりし乎」「代表的日本人」などがある。
「寡婦の除夜」は、明治二九年「福音新報」に発表された。『明治文學全集39　内村鑑三集』（筑摩書房刊）に収録。

木下尚江「火の柱」

国民の耳目いつにロシヤ問題に傾きて、ひたすら開戦のすみやかならんことにのみ熱中する一月の中旬、社会の半面をかえりみれば下層劣等の種族として度外視されたる労働者が、年々歳々その度を加うる生活の困苦惨憺に、ようやく目を挙げて自家の境遇を自覚するにいたり、沸騰せんばかりの世上の戦争熱ももはや、彼らを麻酔するの力あらず、彼らの心の底には、「戦争に全勝せよ、されど我らはますます苦しまん」との微風のごとき私語《ささやき》を聴く。

「火の柱」は一九〇四年一月から三月にかけて『毎日新聞』に連載された。日露開戦は連載がはじまって間もない二月八日であるが、この作品は開戦が切迫した一九〇三年九月から開戦までの反戦運動、これに対する政府の陰険な破壊工作、戦争で大もうけをねらう御用商人と軍の実力者とのみにくい関係、金力に屈して、熱心なキリスト教徒の社会主義者を追放するキリスト教会などを描いている。

御用商人の大洞利八は軍の実力者に贈賄し、戦争で大もうけしてきた投機師である。山木剛造は大洞の妹を後妻にし、その右腕として活躍して、にわか大尽になった。山木は海軍第一の腕ききといわれる松島大佐にとりいるために、先妻との間に生れた娘の梅子をその後妻にしようとする。しかし、梅子は同じ教会員で社会主義者の篠田長二をひそかに慕い、この縁談をこばみ、卑劣にも暴力でせまる松島をはげしくはねつけて負傷させる。

山木は資本家を攻撃し、非戦論を主張する篠田を憎み、日露戦争に反対するものは売国奴だと牧師をおどして、金の力で篠田を教会から除名する。松島は海軍の権威にかかわると、篠田を目のかたきにした。警察がしのびこませた密偵は、デマを流して運動の破壊を企て、ロシア社会民主党にあてた公開書簡の下書きを証拠に、篠田を逮捕にみちびく。このきれぎれの下書きには、日露の戦争はふたつの専制帝国、野蛮政府の衝突で、あらゆる罪悪が皇帝の名をかりて合理化されているというようなことが記されていた。これを証拠に不敬罪にもっていこうというのである。

行徳秋香は幸徳秋水、渡部伊蘇夫は安部磯雄、菱川硬二郎は西川光二郎というように、容易に本名を推測できる名前で当時の社会主義者たちが登場し、篠田長二によって作者の思想が語られている。戦争で儲けるのは資本家で、資本家と軍部が結託して愛国心をあおり、戦争熱を鼓吹して、国民に犠牲をしいることが強調され、戦死者は一時はほめそやされ、立派な石碑が建てられたりするが、後にのこされた親たちは働き手を失って悲惨な生活におちいり、ついにその石碑の前で自殺したという話も語られる。

キリスト教徒である作者は、労働組合でも非戦論を非現実的とする動きがつよまり、教会の多くも戦争協力に傾くなかで、キリストの精神は平和にあると信じて、孤独にたえてたたかった。木下の主張は女性解放論に特徴があり、天皇制と愛国心を論じて、それが国民の精神をしばり、戦争にかりたてる道具になっていることを批判した。これは当時はあまり重視されなかったが、今になってみると、もっとも注目すべき問題提起であった。

一八六九年（明治二）―一九三七年（昭和一二）。信州松本生まれ。東京専門学校（現・早稲田大学）卒。松本で、新聞記者、社会運動家、弁護士として活動したのち上京。新聞記者として、廃娼運動、足尾銅山鉱毒事件、普通選挙期成運動などで論陣を張った。幸徳秋水らと社会民主党の結成に参加。日露戦争に際しては非戦論の立場で活躍した。著書に、「良人の告白」「懺悔」などがある。
「火の柱」は、一九〇四年に「毎日新聞」に連載された。岩波文庫などに収録。

与謝野晶子　「君死にたまうことなかれ」

あゝおとうとよ、君を泣く、
君死にたまうことなかれ、
末に生れし君なれば
親のなさけはまさりしも、
親は刃をにぎらせて
人を殺せとをしえしや、
人を殺して死ねよとて
二十四までをそだてしや。

この詩は一九〇四（明治三七）年、日露開戦の年の『明星』九月号に発表された。戦争は集団狂気をひきおこす。暴虐野蛮なロシアを討てというような声ばかりが、国中に充満していた。「お百度もうで」で知られる大塚楠緒子も、このころは「進撃の歌」を発表し、「進めや進め一斉に　一歩も退くな身の耻ぞ／前に名誉の戦死あり　後に故国の義憤あり／思へ我等が忠勇は　我等が親の績《いさお》にて／我等が妻の誇りにて　我等が子等のほまれぞや」などと歌っていた。

この時代に、「旅順の城はほろぶとも、／ほろびずとても、何事ぞ、」と歌ったのである。天皇はご自身では戦場に出られないではないか。たがいに人の血を流し、「獣の道」に死ぬのが「人のほまれ」とは決して思われないだろうと晶子は歌った。母の嘆きを歌い、「暖簾のかげに伏して泣く／あえかにわかき新妻を、／君わするるや、思えるや、／十月も添はでわかれたる／おとめごころを思ひみよ、」と歌った。

晶子の詩は人々に衝撃をあたえた。当時の代表的な文芸批評家大町桂月は、『太陽』一〇月号に、「皇室中心主義の眼を以て、晶子の詩を検すれば、乱臣なり賊子なり、国家の刑罰を加ふべき罪人なりと絶叫せざるを得ざるものなり」と激しい言葉で論難した。

これに対して晶子は、『明星』一一月号に「ひらきぶみ」を発表し、これは私の「まことの心」を歌ったのだと述べた。歌が歌である以上、自分の真実を表現するほかはない。長い年月のあとまでかわらぬ「まことのなさけ、まことの道理」にあこがれる心が私にはあると晶子は言い、今のように死ねよ、死ねよと言って、なにごとにも「忠君愛国」とか、「教育勅語」とかをもちだす流行は、かえって危険ではないかと反論した。

自分の好きな王朝の文学や、源平合戦の物語も、こんなに人を死ねと言うことも、天皇の言葉を持ち出すこともなかったと言って、明治の好戦的な「皇室中心主義」「国家主義」の非人間性を批判したのである。

大町桂月は自分も平和を求めるが、この世に悪があるかぎり、ひたすら平和を主張するのは、観念的な理想主義で、非現実的だと主張した。そして、戦争に勝つためには挙国一致が必要で、そのために「皇室中心主義」の教育が必要なのだと強調した。桂月の「皇室中心主義」は、自己の真情から出たものでなく、国家的発展を第一とするナショナリズムの観点から、その有用性を強調したのである。

「天皇」と「国家」の強調は、国民ひとりひとりの幸福を破壊し、青年を戦争と死にかりたてるための道具だった。晶子はひとりの年若い女の真実をかたく守って、その虚構をあばき、堂々と時代の圧力に対抗したのである。

一八七八年(明治一一)―一九四二年(昭和一七)。大阪堺生まれ。堺女学校卒。与謝野鉄幹の新詩社に参加し、雑誌『明星』に短歌を発表。歌集「みだれ髪」で注目を集めた。浪漫主義の短歌を数多く発表した。古典の現代語訳を試み「新訳源氏物語」を刊行した。また、「青鞜」などで女性問題、社会問題の評論にも活躍した。著書に『与謝野晶子歌集』『与謝野晶子評論集』『私の生い立ち』(以上いずれも岩波文庫)などがある。

「君死にたまうことなかれ」は、一九〇四年『明星』に発表された。岩波文庫など。

夏目漱石「趣味の遺伝」

寒い日が旅順の海に落ちて、寒い霜が旅順の山に降っても上がる事は出来ん。ステッセルが開城して二十の砲砦《ほうさい》がことごとく日本の手に帰しても上がる事は出来ん。日露の講和が成就して乃木将軍がめでたく凱旋しても上がる事は出来ん。百年三万六千日乾坤《けんこん》を提《ひっさ》げて迎《むかい》に来ても上がる事はついに出来ぬ。これがこの塹壕《ざんごう》に飛び込んだものの運命である。しかしてまた浩さんの運命である。

日露戦争直後の作品、「陽気のせいで神も気違いになる」の一句で始まる「趣味の遺伝」は、旅順の戦いで戦死した青年の物語である。

〈余〉はたまたま凱旋軍に出会った。大陸で戦って来た兵士たちは、顔は日に焼けて黒く、ひげぼうぼうで、服装はぼろぼろ、まるで乞食のようであった。〈余〉はこの惨憺たる姿に、新聞などでは伝えられない戦争の真実を感じ、涙をこぼした。

この群の中の背丈の高い軍曹に、どこから出てきたのか、小さな老婆が飛びつき、その袖にぶらさがった。軍曹があるき出すと、彼女は周囲の万歳などに耳を貸す様子もなく、ぶら下がったまま、わが子の顔を見上げたまま、引きずられて行った。この様子を見て、〈余〉は浩さんを思い出し、彼が死んだ戦場の様子を思い浮かべる。

兵士たちは切り開かれた鉄条網の間から突進し、塹壕に飛びこむ。浩さんも飛びこんだが、そのまま、いつまで待ってもあがってこない。飛びこんだのは死ぬためだった。彼等の足が壕底に着くや否や、ねらい定めた機関砲の集中砲火で全員射殺され、「石を置いた沢庵の如く積み重なって、人の眼に触れぬ坑内に横わ」ったのである。「いくら上がりたくても、手足がきかなくては上がれぬ。眼がくらんでは上がれぬ。胴に穴が開いては上がれぬ。血が通わなくなっても、脳味噌が潰れても、肩が飛んでも身体が棒のようにしゃちこばっても上がる事は出来ん」と漱石は書いている。そして、冒頭の文がつづくのである。

「上がる事は出来ん」のくりかえしに、作者の無量の思いがこめられている。しかし、〈余〉はただ一人残された浩さんの母親を思い、「可哀そうなのは坑《あな》を出て来ない浩さんよりも、浮世の風にあたっている御母さんだ」と言う。

「そら雨が降る、垂れこめて浩さんの事を思い出す。そら晴れた、表へ出て浩さんの友達に逢う。歓迎で国旗を出す、あれが生きていたらと愚痴っぽくなる。洗湯で年ごろの娘が湯を汲んでくれる、あんな嫁が居たらと昔を偲ぶ。これでは生きているのが苦痛である。」

この母親には、軍曹の老母のようにぶら下がるものがない。「今に浩一が帰って来たらばと、皺だらけの指を日夜に折り尽してぶら下がる日を待ち焦がれ」ていたのに、その浩一は旗を持って思い切りよく塹壕の中へ飛びこみ、今に至るまで上がって来ない。たとえどんなに日に焼け、疲労困憊しても、帰って来さえすればそれでいい。「右の腕を繃帯で釣るして左の足が義足と変化しても帰りさえすれば構わん」。しかし、浩一は帰ってこない。

新聞や雑誌が伝えるのは光り輝く勝利の日本であった。戦争に勝って日本は世界の一等国になったという喜びが満ちあふれていた。しかし、真実は凱旋する兵士たちの悲惨な姿にあった。漱石は戦死した兵士たちをリアルに描き、限りない哀悼の思いをささげた。そして、戦争で息子を失った年老いた母親の悲哀と苦悩を、限りない同情をこめて描いた。

一八六七年(慶応三)—一九一六年(大正五)。江戸の生まれ。帝国大学英文科卒。松山中学、熊本五高で教鞭をとったのち、一九〇〇年(明治三三)から、イギリスへ留学。帰国後、第一高等学校、東京帝大で講師。一九〇五年(明治三八)「吾輩は猫である」を発表し、「坊っちゃん」「草枕」などで注目を集める。一九〇七年(明治四〇)、朝日新聞社に入社し、本格的な作家活動に入った。代表作に、三部作「三四郎」「それから」「門」のほか、「彼岸過迄」「行人」「こころ」など。「明暗」執筆中に胃潰瘍のため没した。

「趣味の遺伝」は、一九〇六年(明治三九)に『帝国文学』に発表された。岩波文庫『倫敦塔・幻影の盾 他五篇』その他に収録。

爾《なんじ》の独立若し十何師団の陸軍と幾十万屯の海軍と云々の同盟とによって維持せらる、とせば、爾の独立は実に愍《あわ》れなる独立也。爾の富若し何千万円の生糸と茶と、撫順の石炭と、台湾の樟脳砂糖にあらば、爾の富は貧しきもの也。

徳富蘆花「勝利の悲哀」

一九〇六（明治三九）年一二月、『不如帰《ほととぎす》』の作者として知られる徳冨蘆花は、第一高等学校で「勝利の悲哀」と題して講演し、日露戦争の勝利に熱狂する日本国民をいましめて、戦後の日本が直面する困難を論じた。

国民は西洋の大国に勝った、一等国になったと喜んでいるが、黄色人種を蔑視してきた白人の「嫉妬、猜疑、少なくとも不安は、黒雲のごとく」わきおこり、また一方では、他の有色人種は日本の勝利によって民族意識をかきたてられ、反植民地、独立運動の気運を強めている。この二つにはさまれた日本は何をどうすればいいか。

日露戦争は五〇万の兵士を動員し、死傷者は一一万八千人にのぼった。戦費は一五億二千万円に達し、巨額の外債が発行されて、国民は増税と、強制的な献金に苦しんだ。戦後の日本は深刻な経済不況とインフレに苦しみ、失業者が巷にあふれ、凱旋兵士は職を失って路頭に迷った。

戦後も戦時特別税は廃止されず、引き続き巨額の外債が発行された。植民地経営のための資本が必要だっただけでなく、植民地支配のための軍事力も強化しなければならなかった。さらに、蘆花が指摘したように、欧米で黄禍論が起こり、アメリカの移民禁止など、日本の支援者だった米英との関係が悪化した。戦後の日本は、陸軍の師団増設、海軍の八八艦隊計画など、戦時にも増して軍備の増強に狂奔したのである。

この年、蘆花はロシアに旅してトルストイを訪問し、『巡礼紀行』を刊行している。蘆花は日露戦争当時は、トルストイの無抵抗主義、博愛主義、非文明主義、重農主義に賛成する事ができず、あくまでも露国征討論者の一人であったという。しかし、平和恢復とともに「霊的生涯」に一大革命が起り、「夢想家の空論」と思っていたトルストイの所論の切実さを痛感して、ただ一人でトルストイ訪問を実現したのであった。

蘆花の回心は戦後の現実が、戦争によっては国民の幸福は実現されず、軍事力に依存して平和を維持しようとすれば、かぎりなく国民生活を犠牲にして、軍事大国化の道を歩き、ついに破滅にいたるまで止まることができないという事実を教えたからである。

戦勝に酔い、一等国の虚名に我を忘れて、破滅の道を歩き始めた日本に対して、蘆花は「寤《さ》めよ、日本。眼を開け、日本。（中略）大義を四海に布くは爾の使命也。平和の光を日の如く輝やかすは爾の任也。爾の武力を恃《たの》まずして爾の神を恃め。爾の罪を悔改めて爾が武を涜《けが》したるの罪を世界に謝せよ。爾の大誠意を腹の底より振起《ふるいおこ》して、之を世界の同胞の心腹に置けよ」と呼びかけた。

キリスト教徒の蘆花は、信仰によって日本を破滅から救い、平和を実現しようとした。明治の日本で平和を主張したのは、多くはキリスト教徒であった。初期社会主義者の多くもキリスト教徒であった。キリスト教は世界と人間に眼を開き、狭い民族主義や国家主義、目の前の物質的繁栄のみを追い求める功利主義を乗り越えることを教えた。キリスト教が明治の青年を封建的な思想の枠から解放し、近代的な思想と文学の端緒を開いたことの意味は大きい。

一八六八年（明治元）―一九二七年（昭和二）。熊本水俣の生まれ。同支社英学校（現・同志社大学）中退。兄蘇峰の「民友社」に入社。「不如帰」の成功で兄から独立。日露戦争後、トルストイを訪問、帰国後東京郊外の粕谷で半農生活をはじめた。晩年に、伊香保で兄と和解して没した。著書に、『自然と人生』『思出の記』『国潮』『みみずのたはごと』など。「勝利の悲哀」は、一九〇六年第一高等学校弁論部大会での講演。『明治文學全集　42　徳富蘆花集』（筑摩書房刊）に収録。

田山花袋　「一兵卒」

金州の戦場では、機関銃の死の叫びの唯中を地に伏しつゝ、勇ましく進んだ。戦友の血に塗れた姿に胸を撲ったこともないではないが、これも国の為めだ、名誉だと思った。けれど人の血の流れたのは自分の血の流れたのではない。死と相面しては、いかなる勇者も戦慄する。

「一兵卒」は一九〇八（明治四一）年一月『早稲田文学』に発表された。脚気のため入院した兵士が、あまりにひどい病院生活に我慢できず、まだ十分なおりきらぬうちに退院し、原隊を追いかけて、広大な大陸をさまよい歩く。あまりの苦痛に、日本軍の車両にもぐりこんだが、追いおろされた。兵士は軍隊からも見捨てられ、ただ一人、戦場の片隅で「苦しい、苦しい、苦しい！」とうめきながら死んで行く。

広い野をただ一人歩く兵士は、夕日に照らされる長大な自分の影に、深い悲しみに打たれ、故郷を思い、過去を懐かしむ思いが流れるようにみなぎって来た。

「母の顔、若い妻の顔、弟の顔、女の顔が走馬燈《まわりどうろう》のごとく旋回する。ケヤキの樹で囲まれた村の旧家、弟の顔、団欒《だんらん》せる平和な家庭、続いて其の身が東京に修業に行った折の若々しさがおもい出される。神楽坂《かぐらざか》の夜の賑いが眼に見える。」

出発の時は、この身は国に捧げ、君に捧げると誓い、二度と帰って来る気はないという雄雄しい演説もした。しかし、今はにわかに死に対する不安がおこり、とても生きて帰れないという気がして、「軍隊生活の束縛ほど残酷なものはない」「戦場は大なる牢獄である」という思いが湧いた。それはいつものような「反抗」とか「犠牲」とかの念ではなく、はげしい「恐怖の念」であった。とても死をまぬがれる道はないと思った時、兵士は声をあげて泣き出す。

彼の胸には幾度も祖国を思う熱情が燃えあがった。戦場にむかう船中では、軍歌に悲壮な感情をあおられ、敵艦の攻撃で海の藻屑になってもかまわないと思った。そして金州では敵弾をおそれず進撃し、戦友の死にも心を動かされなかった。しかし、今、ただ一人で自分の死と向き合わなければならなかったとき、言語に絶する恐怖と悲哀と絶望にうちひしがれて、おいおい泣きながら歩いたのである。

田山花袋は一九〇四年、写真班員として日露戦争に従軍し、各地の戦闘を観戦した。砲弾の飛びかう激しい戦闘を直接目撃し、また高熱を発して、腸チフスの疑いで野戦病院に入院するという経験もした。

花袋は父が西南戦争で戦死したため、一家は悲惨な生活を送った。従軍記録『第二軍従征日記』には、おびただしい戦死者たちが記録され、特にその家族たちの悲哀と苦痛への熱い思いが述べられている。一瞬にして兵士の生命を奪い、家族たちの平和な生活と幸福を破壊する戦争とは何かを、具体的な事実の記録を通して問うたのである。

「一兵卒」はこの従軍の経験にもとづき、死に直面する兵士の内面に迫った作品である。国のためとか、名誉とか、功名とかはすべて空しかった。今はただ苦痛ばかりがあり、ただひたすら生きたかった。しかし、国にとって「一兵卒が死のうが生きようが」問題ではなかった。「人間の生存に対する権利」という言葉を花袋は使っている。一兵卒の死によって、人間の真実に迫り、戦争と平和の対照を鮮やかに描き、国家と戦争の本質をあばきだしたのである。

一八七一年（明治四）―一九三〇年（昭和五）。群馬県館林の生まれ。尾崎紅葉の紹介で江見水蔭の弟子となり作家活動を始める。のち博文館に入社する。博文館の記者として、日露戦争に従軍した。ゾラ、モーパッサンなどを通して新しい文学に目覚め、「重右衛門の最後」などを書き、一九〇七年には「蒲団」を発表し、自然主義文学の担い手となった。

代表作に、自伝的三部作「生」「妻」「縁」のほか、「田舎教師」「時は過ぎゆく」などがある。「一兵卒」は、一九〇八年（明治四一）に『早稲田文学』に発表された。岩波文庫『蒲団・一兵卒』などに収録。

石川啄木「新らしき都の基礎」

やがて世界の戦は来らん！
不死鳥の如き空中軍艦が空に群れて、
その下にあらゆる都府が毀たれん！
戦は永く続かん！　人々の半ばは骨となるならん！
然る後、あはれ、然る後、我等の
『新らしき都』はいづこに建つべきか？

この詩のもとの形は一九〇九年（明治四二）四月一三日の日記に記されている。当時、啄木は日記をローマ字で書いていて、この詩もローマ字で書かれた。妻子と老母を北海道に残して、単身上京し、朝日新聞の校正係をしていたが、小説は思うように書けず、家族を呼び寄せることもできずに、失意と焦燥のうちに荒れはてた生活をしていた。

日露開戦直後の啄木は戦争を讃美して、「戦いの為の戦いではない。正義のため、文明のため、平和のため、終局の理想のために戦うのである」というような文章（「戦雲余録」）を『岩手日報』に発表したりしていた。しかし、戦後の現実に裏切られた啄木は、戦争に強いだけでは本当の文明国とは言えないと主張しはじめた。

「ああ、哀れなる驕慢児！　汝は、汝の兵卒が露西亜の兵卒と競争して優勝旗を獲たために、軍事ならざる他の一切のことまでも世界一なようにおごっている。何と情ない話ではないか」（「林中書」一九〇八）と言う啄木は、「敗けるということを知らぬのが日本人の最大不幸だ」という乃木大将の開戦前の言葉を感慨ふかく思いおこしている。

ロシアは専制君主国で日本は立憲国である。しかし、日本人は与えられた自由と権利をどれほど尊んでいるだろうか。彼らはこれを金力や官力にすこぶる安値で売り渡すことはないか。何万という人間の権利と自由を代表する代議士まで、これを自己の利害や野心のために捨ててかえりみないということはないか。

これに対してロシアの人民は、労働者の権利を守るためにガポン僧正を先頭に血の行進をおこなった。トルストイは一切の不自由の中にいて真の自由を求めて戦った。「日本人は近代の文明を衣服にしてまとうている」が、「露人はこれを深く腹中に蔵している」。「予は華やかな明治一切の文物よりも、浮浪者上がりの幾度となく監獄の門をくぐった、肺病患者のゴルキイの方が、真の文明のために、はるかにはるかに祝すべきだと考える……」と啄木は書いている。

戦勝にわきたつ日露戦後の日本は、ますます軍備拡張を押し進めたため、貧富の格差が拡大し、政官財の癒着・腐敗がすすんだ。一方では華美で贅沢な文化の花が開いたが、国民の多数は貧困に苦しみ、時代の閉塞感が強まったのである。

若くして結婚し、老父母をはじめ多数の家族を背負って、生活苦にあえぐ啄木は、日本社会の基礎として美化される家族制度の矛盾を痛感し、資本主義社会制度からの解放を強く願った。

冒頭の詩は、軍事力の増強につとめる日本は、ついに世界戦争に突入して国土を焼尽しなければやまないことを予見するものであった。現実に社会を変革する可能性を見出すことができなかった啄木は、世界戦争による日本の敗北にしか、新しい社会を実現する可能性を見出すことができなかったのである。これは時代におしつぶされた青年の悲しい夢であったが、この夢が三〇年後に現実になった。日露戦後の問題は決して遠い昔の問題ではない。

一八八六年（明治一九）―一九一二年（明治四五）。岩手県日戸村生まれ。岩手県盛岡中学（現・盛岡一高）中退。一歳の時渋民村に移住。与謝野鉄幹の知遇を得て、詩集『あこがれ』を出版。岩手県渋民村で代用教員、北海道で新聞記者を勤める。のち、上京し、東京朝日新聞の校正係となり家族と暮らす。大逆事件を契機に社会主義に目覚めるが、貧窮のうちに結核のために没した。著書に、歌集『一握の砂』『悲しき玩具』、詩集『呼子と口笛』、評論「時代閉塞の現状」などがある。

「新らしき都の基礎」は、一九〇九年四月一三日の日記に記されている。岩波文庫『啄木・ローマ字日記』に収録。

武者小路実篤　「ある青年の夢」（戯曲）

目まいがしそうな気がします。この有様を見たら誰でも非戦論になるでしょうね。主戦論者を二三人ひっぱって来てここで演説をさせて見たい気がします。彼等はこの事実を知りません。異様な沈黙が腸《はらわた》にしみこみます。（中略）あんな若い有望な人間や、こんな天使のような子供や、あんな善良な年寄りや、こんなに若い女たちが、死の恐怖を味わってそしてとりかえしのつかない方法で人間の手で殺されたのだと思うとたまりません。どうしたらいいのです。あんな人々が皆殺されたのですか。

第一幕、戦争で命を奪われた亡霊たちが集まる平和大会に連れこまれた青年のうめくような言葉である。ここには敵も味方もなく、すべての国の人々が殺された時の姿で集まり、それぞれの悲惨な経験を語って、平和を訴える。

生前画家だった亡霊は、画をかいていればいい、平和な民は殺されまいと思っていたが、ある晩、ドイツ兵が五人ばかり家にはいって来て、妻を無理に連れて行こうとした。かっとして一人の兵士にとびかかると、右手を切りおとされ、次に左手も切りおとされ、ついには殺されてしまった。妻はなぶりものになって生きているのだろう。「私は生まれたことを呪わないではいられません」とこの亡霊は言う。

戦争は何のためにあるのか。犠牲者は何のためにあるのか。戦争に勝つとどういうとくがあるのか。誰がとくをするのか。そのために何百万の人間が死ななければならないものなのか。この亡霊たちの問には答えず、生きている人々の多くは、祖国が亡ぼされてもいいか、子孫が亡国の民になってもいいか、亡国の民になるくらいなら戦争をする、死をえらぶと言う。

『ある青年の夢』は第一次世界大戦の最中、一九一六年の三月から一一月まで『白樺』に連載された。世界大戦は西洋の列強が二つの陣営に分かれて、最新の科学技術を競いあい、かつて想像もできなかった大量の犠牲者を出す悲惨な戦争になった。この戦争の戦死者は九百万以上といわれる。セルビアの一事件をきっかけに連鎖反応的に拡大したこの戦争は、植民地をめぐって英仏とドイツが支配権を争った帝国主義戦争で、戦わなければ民族がほろびるというような戦争ではなかった。日本も日英同盟を理由に、中国山東省に侵入し、ドイツが支配する青島を奪い取ったのである。

一度始まれば、戦争は連鎖反応的に拡大して、この勢いを止めることはできない。なぜ戦争が起るのか、諸国民はなぜ戦争に熱狂するのか。主人公の青年は、恐ろしいのは人々が戦争をさけられないことだと思い、戦争を愛しなければ恥のように思っていることだと言う。戦争を恐れることを国家はなによりも恐れており、亡国の恐怖は誰の頭にもしみ込んでいるのだと言う。

「国家主義から戦争は必然の結果として生ずるものです」「自国の利益のみはかることがいいことになっている今の時代では戦争がなくならないのは当然すぎます」国家主義者は戦争を讃美する。彼等にとって、他国の領土をとるということは恥辱ではなく名誉である。「人間を殺すことはよくないことです。他人のものをとることはわるいことです。他人の平和と自由を乱すことは憎むべき行為です。しかし国家の為には之等の悪徳は許されるばかりではなく美徳となるのです」と青年は演説する。

国家主義は戦争を生み、戦争は国家主義を強める。こうしてますます強化された国家主義は、ついにあの悲惨な第二次世界大戦を招き寄せた。国家主義が声高に主張され始めた今日、国家主義に対する実篤のたたかいは新しい意味をもってよみがえってくる。

一八八五年（明治一八）―一九七六年（昭和五一）。東京市麹町区の生まれ。東京帝国大学哲学科社会学専修中退。学習院高等科時代にトルストイに傾倒する。大学中退後、志賀直哉らと同人誌『白樺』を創刊。「白樺派」と呼ばれた。理想主義的な「新しき村」を建設する。日露戦争に際しては反戦の立場をとったが、太平洋戦争開戦後は戦争を肯定する立場をとった。代表作に「お目出たき人」「その妹」「友情」「愛欲」「真理先生」などがある。

「ある青年の夢」は一九一六年に『白樺』に連載された。『武者小路実篤全集第二巻』（小学館刊）に収録。

夏目漱石「私の個人主義」

日本が今が今潰れるとか滅亡の憂き目にあうとかいう国柄でない以上は、そう国家〳〵と騒ぎ廻る必要はない筈です。火事の起こらない先に火事装束をつけて窮屈な思いをしながら、町内中を駈け歩くのと一般であります。

一九一四年八月に世界大戦が勃発すると、日本は日英同盟を理由に参戦し、中国の山東省に侵入して、一一月、青島を攻略した。「私の個人主義」はこの直後に学習院でおこなった講演である。

幸徳秋水らが死刑に処せられ、国家主義が一段と強化された一九一一年には、漱石は日露戦後の軍備強化による国民生活の圧迫について、「夜番の為に正宗の名刀と南蛮鉄の具足とを買うべく余儀なくせられたる家族は、沢庵の尻尾をかじって日夜齷齪《あくせく》するにもかかわらず、夜番の方ではしきりに刀と具足の不足を訴えている」(「マードック先生の日本歴史」)と述べていた。

世界大戦の開戦に際してドイツは、中立国ベルギーに侵入し、ベルギーを通ってフランスに攻め込んだ。そして日本は日英同盟を理由に、ドイツが支配していた青島を攻略し、ドイツの中国に対する権益を奪い取ろうとした。

戦勝にわきたち、戦争による国家の発展が讃美される時代に、「私の個人主義」の漱石は国家主義を批判した。「個人主義なるものを蹂躙しなければ国家が亡びるような事を唱導するもの」も少なくないが、そんな馬鹿げた話はない。日本が他国から侵略されるというような場合であるならば、国家のために立ち上がるのは当然だが、「国が強く、戦争の憂いが少なく、そうして他から犯される憂いがなければない程、国家的観念は少なくなって然るべき」なのだと述べている。

いま国家を強調して国民に犠牲を求めるのは、「火事が済んでもまだ火事頭巾が必要だと云って、用もないのに窮屈がる」のと同じことだと漱石は言う。それが侵略戦争を正当化し、戦争に国民を動員するためのものであることを見抜いていたのである。

「国家を標準とする以上、国家を一団と見る以上、余程低級な道徳に甘んじて平気でいなければならない」と漱石は言い、「徳義心の高い個人主義に矢張重きを置く方が、私にはどうしても当然のように思われます」と述べた。

「私の個人主義」といえば「自己の個性の発展をしとげようと思うならば、同時に他人の個性も尊重しなければならない」と述べたことが強調されるが、これは自己の権力を使用するものはそれに付随している義務をはたさなければならないという言葉とともに、大国の横暴をいましめ、相互に相手国の主権や文化を尊重することを求めるものであった。そして、それはドイツや日本の無法なやり口を批判するものでもあったのである。

開戦当初は短期間に終ると思われていたのに、この戦争は四年以上もつづき、想像を絶する大きな被害をもたらした。漱石はその結末を見ることなく死亡したが、その年死ぬことになる一九一六年の一月に、『点頭録』を『朝日新聞』に連載した。戦争の悲惨さと無意味さを論じ、軍国主義を論じ、ドイツの軍国主義を生んだトライチケの思想を論じ、政治と思想・文学について論じたこの連載エッセイは、漱石が最後にどうしても書いておかなければならなかったものであり、武者小路実篤や志賀直哉、芥川龍之介ら、若い作家たちに大きな影響を与えたと思われる。

講談社学術文庫など。

黒島伝治「渦巻ける鳥の群」

……雪が降った。

白い曠野に、散り散りに横たわっている黄色の肉体は、埋められて行った。雪は降った上に降り積った。倒れた兵士は、雪に蔽われ、暫くするうちに、背嚢も、靴も、軍帽も、すべて雪の下にかくれて、彼等が横たわっている痕跡は、すっかり分からなくなってしまった。

……雪は、なお、降りつづいた。

パルチザン（労働者農民の非正規軍）と戦うために、シベリアの大雪原を徒歩で進軍させられた中隊は、すべてを埋めつくす雪に道を見うしない、疲労と寒さで全員凍死し、いくら捜索しても、一人の遺体も見つけることができなかった。

春になって雪が溶け始めたとき、彼らの死体に烏がむらがり、むさぼりついた。この烏の群によって兵士たちの屍が次々に発見されたが、その顔面は烏につつかれて見るかげもなくなっていた。

兵士たちは、なぜ、シベリアへ来なければならなかったか、誰のためにこんな目にあうのか知らなかった。シベリアになど来たくなかったのだ、むりやりに来させられたのだというようなことも、もうほとんど考えなかった。「彼等の思っていることは、死にたくない。どうにかして雪の中から逃がれて、生きていたい。ただそればかりであった」。

元来は自分たちの中隊が派遣されるはずだった吉永は、彼らの死を他人事とは思えない。徒歩で深い雪の中へ行くのは死にに行くようなものだった。自分も「今ごろ、どこで自分の骨を見も知らぬ犬にしゃぶられているか分らない」のだった。

すぐ隣にいた戦友が、突然飛んできた銃弾に死ぬという経験もあった。ウラジオストックに上陸したそのときから、危険は皆の身に迫っていた。町中が赤旗だらけになり、情況が不利で退却したとき、赤旗に退路をたたれて大変な苦戦をしたこともある。

「よくもこれまで生きてこられたものだ」と吉永は思った。「俺が一人死ぬことは、誰れも屁とも思っていないのだ。ただ、自分のことを心配してくれるのは、村で薪出しをしているお母《ふくろ》だけだ」と思った。

一九一七年にロシアに革命が起ると、一九一八年八月、日本は米国その他と共同出兵という形でシベリアに出兵した。日本には北満・シベリア地域を支配する意図があったため、協定を無視して七万二千もの大軍を派遣し、各国が撤兵したあとも出兵をつづけた。しかし、国際的に孤立し、犠牲が拡大し、財政的重圧もあって、国内の反対運動がたかまり、一九二二年、空しく撤兵した。

黒島伝治は一九一九年に召集され、翌年シベリアに派遣された。この経験にもとづく「渦巻ける鳥の群」が発表されたのは一九二八年であるが、この前後に「雪のシベリア」や「橇」など、シベリアの戦争を描く多数の作品を発表した。ながびく不況と恐慌を背景に、第一次山東出兵や張作霖爆殺事件など、中国革命に干渉し、特殊権益を奪い取ろうとする動きが強まった時代であった。それは同時に、プロレタリア文学が勃興して、反戦文学を求める声が強まった時代である。黒島伝治はプロレタリア作家として、これらの作品を書いた。戦争勢力と反戦平和の勢力の激しい戦いの時代の始まりであった。

一八九八年（明治三一）―一九四三年（昭和一八）。香川県小豆島生まれ。文学を志して上京。同郷の壺井繁治のすすめで、早稲田大学予科に入学。召集され、シベリアへ出兵し、肺患のため帰還。シベリアの経験から反戦小説の系列が生まれる。労農芸術連盟に属するも、批判を強め無産者芸術連盟（ナップ）に参加した。肺病のため小豆島に帰り、生涯を終えた。代表作に、同じシベリアを題材とした「橇」や「電報」「豚群」長編「武装せる市街」などがある。「渦巻ける鳥の群」は、一九二八年に『改造』に発表された。岩波文庫『渦巻ける鳥の群　他三編』などに収録。

アンチミリタリストの立場（題言）『種蒔く人』一九二一年一二月号

僕たちは国と国との戦争には絶対に反対する。それが、いついかなる場合であろうと。何故か、国と国の戦争に参加することは、今の場合、直接に僕たちの手で国境を同じうする仲間を殺すことだ。そして僕たちは常に誰れのために戦いつつあるか。

小牧近江らによって一九二一年二月に創刊された第一次『種蒔く人』は、僅か十数ページの貧弱なパンフレットだったが、これは第三号まででうちきられ、同年一〇月に改めて、第一巻第一号を発行し、一九二四年九月の関東大震災まで刊行された。

この第二次『種蒔く人』は執筆者として有島武郎や長谷川如是閑、吉江喬松（孤雁）、小川未明、川路柳虹など幅広い知識人を集め、毎号表紙に〈批判と行動〉のタイトルをかかげて、平和とヒューマニズム、自由と進歩のための行動を呼びかけた。

冒頭の言葉を題言として掲げた第一巻第三号（一九二一年一二月号）は、〈非軍国主義号〉とされ、武者小路実篤が「戦争はよくない」という詩を発表している。「俺は殺されることが／嫌いだから／人殺しに反対する、」「他人は殺されてもいいと云う人間は／自分は殺されてもいいと云う人間だ、／人間が人間を殺してもいいと云うことは／決してあり得ない。」というのである。

この号には、社論として無署名の「非軍国主義の論理」をかかげ、吉江孤雁の「平和私観」のほか、金子洋文、内藤辰雄の小説、藤森成吉、藤井真澄、山川菊栄、神近市子らの評論や感想、佐々木孝丸の童話詩、柳瀬正夢の漫画など、さまざまな知識人の作品を集め、ページ数の少ない小冊子にもかかわらず、きわめて充実した内容になっている。

第一次世界大戦は想像を絶する大量の死者を出した。しかも、この戦争がもたらしたのは破壊と荒廃、餓えと貧困であった。この戦争の惨禍からロシア革命が生まれると、列強は革命ロシアをおしつぶすための干渉戦争を始め、日本も大軍をシベリアに派遣した。

シベリア出兵は米価の高騰を招き、富山県魚津町に端を発した米騒動は全国に波及し、警察力では対処できぬ勢いとなって、軍隊が出動して鎮圧するにいたり、民衆側に三〇名以上の死者を出した。

世界大戦、ロシア革命、シベリア出兵、米騒動、そして戦後の恐慌と長くつづく不況、このような激動のなかで、労働運動、社会運動が発展し、社会主義の思想も浸透して、一九二二年七月には日本共産党が創立されるにいたった。

このような時代に、『種蒔く人』のシベリア出兵に反対する対露非干渉運動や、「餓えたるロシアの子どもを救え」と呼びかけるロシアの飢饉救済運動などは、イデオロギーを超えた大きな運動に発展し、与謝野晶子や野上弥生子、若き日の宮本百合子なども参加した。小林多喜二が小樽で始めた同人雑誌『クラルテ』も、この雑誌の強い影響を受けている。『種蒔く人』は、国家の名において、自国の人民を大量に殺戮する戦争に参加することは、自国の人民を殺すことであり、敵国民といっても自分たちと同じ労働者であり、農民なのだと主張した。武者小路実篤らの人道主義的信念を基盤としながら、国家と人民、国家と戦争の関係を科学的に解明し、反戦平和の運動を、社会主義的な人民解放の運動と結びつけて、新しい時代を切りひらく戦いの先頭に立ったのである。

「種蒔く人」第1号表紙

『種蒔く人』は、一九二一年（大正一〇）から一九二三年（大正一二）にかけて、小牧近江、金子洋文、今野賢三らが中心となり、発行された同人誌。反戦平和・人道主義的革新思想を基調とした。初め秋田県土崎港町で発行され（「土崎版」）のち東京で発行された。関東大震災によって廃刊となった。震災直後に発行された「帝都震災号外」および「種蒔き雑記」は朝鮮人への迫害や虐殺、社会主義者への弾圧を強く告発・抗議するものとなった。

芥川龍之介「将軍」

死は×××××にしても、所詮は呪うべき怪物だった。戦争は、——彼はほとんど戦争は、罪悪と云う気さえしなかった。罪悪は戦争に比べると、個人の情熱に根ざしているだけ、××××××出来る点があった。しかし××××××××××ほかならなかった。しかも彼は、——いや、彼ばかりでもない。各師団から選抜された、二千人余りの白襷隊は、その大なる×××にも、厭でも死ななければならないのだった。……

「将軍」は一九二二（大正一一）年、『改造』一月号に発表された。日露戦争で乃木大将がひきいる日本軍は、旅順攻略のために総攻撃をくりかえしたが、いずれも失敗し、五万九千人もの死傷者を出した。芥川はこの戦いで、決死隊にえらばれた兵士たちを描いている。

死地にむかう兵士たちを、連隊長以下の将校たちが最後の敬礼で見送っていた。これに感激して、紙屋だったという兵士が「名誉だな」と言うと、大工だったという堀尾一等卒が「何が名誉だ」と反論する。

検閲のために伏字が多くてわかりにくいが、あれは敬礼でおれたちの命を買って殺そうというのだ、こんな安上がりなことはないじゃないかというようなことを言う。「酒保の酒を一合買うのでも、敬礼だけでは売りはしめえ」やれ国のためだとか、名誉だとか、いろんなもったいをつけるが、そんなことはうそっぱちだと言うのである。

冒頭の言葉は、小学校の教師だったという江木上等兵が、凍りついた地面を獣のようにはって前進しながら考えたことである。江木は堀尾の言葉に反撥して、死ぬのが俺たちの役目じゃないかと言ったが、本当は堀尾の言葉は、同時に彼の「腹の底」だった。

伏字の部分は、〈戦争のため〉とか〈国のため〉とかいう言葉なのだろう。罪悪は個人の情熱に根ざしているだけ、まだ人間的であるが、戦争のために死ぬのは、まったく人間性を無視しているというのであろう。

江木は黒焦げになって死に、堀尾は頭を撃ちぬかれて発狂した。堀尾は江木の死体を見ると、突然大声に笑い出し、「万歳！　日本万歳！　悪魔降伏。怨敵退散。第×聯隊万歳！万歳！　万々歳！」と絶叫する。

芥川は一九二一年、半年近くも中国各地を旅行し、中国の五四運動後の民族的な自覚の高まり、新しい思想的、文化的な潮流にふれた。日本に侵略された中国で、日本の歴史と現在を新しく発見しなおしたのであった。「桃太郎」（一九二四年）では桃太郎が、人のいい鬼たちの住む、平和な鬼が島に攻め込み、金銀財宝を奪い取る侵略者として描かれている。鬼たちは子どもたちに、人間は「嘘はいうし、欲は深いし、焼餅は焼くし、己惚は強いし、仲間同志殺し合うし、火はつけるし、泥棒はするし、手のつけようのない毛だものなのだよ……」と教えていたのである。

桃太郎は人質の鬼の子どもに宝の車をひかせて故郷に帰るが、やがてその鬼の子は一人前になると、番人のキジをかみ殺して故郷に逃げ帰り、鬼が島に生き残った鬼は、時どき海を渡って来ては、桃太郎の屋形へ火をつけたり、桃太郎の寝首をかこうとした。そして、鬼が島では鬼の若者たちが独立を計画し、椰子の実に爆弾を仕込んでいた。

芥川は国民を犠牲にする侵略戦争の本質と同時に、アジア諸国民の間に高まる独立運動の気運をもしっかり見つめていたのである。

一八九二年（明治二五）—一九二七年（昭和二）。東京生まれ。東京帝大英文科卒。久米正雄、菊池寛らと「新思潮」に参加、夏目漱石に師事する。漱石に「鼻」が激賞される。「芋粥」「手巾」などで作家的地位を確立する。芸術至上主義的作風の短編を多く発表する。「ぼんやりした不安」という言葉を残して、薬物による自殺を遂げた。

代表作に、「戯作三昧」「地獄変」「奉教人の死」「大道寺信輔の半生」「河童」などがある。遺稿として「歯車」「或阿呆の一生」「西方の人」が残された。

「将軍」は、一九二二年（大正一一）に『改造』に発表された。角川文庫『藪の中・将軍』その他に収録。

越中谷利一　一兵卒の震災手記「戦争ニ対スル戦争」

ああどうしたならば殺すことが出来たのか?――自分の前によろよろと両手を合わして跪いた彼等、国を××れ、国を追われ、××と侮辱と虐遇の鉄鞭に絶えず生存を拒否されつつ流浪して、今喰うに食なく、宿るに家なき――彼等を、どうして此の×××××××突くことが出来たのか。

越中谷利一は一九二三年九月の関東大震災のとき、千葉県習志野の騎兵連隊に属していて、帝都の治安維持のためということで、実弾を携行し、戦時武装で出動させられた。震災では、日本軍が流したデマが発端で、六千六百人もの朝鮮人が虐殺された。中国人や社会主義者も多数殺された。

朝鮮人の多くは、民間で組織した自警団によって殺されたが、軍隊はこの暴行を阻止するどころか、自らも命令を下して、銃撃し、銃剣で刺殺して、多数を殺戮した。

虐殺は何日もつづいた。「一兵卒の震災手記」の主人公は、震災後一〇日もたって、夜間、非常呼集でたたき起され、集団化した朝鮮人を包囲して、皆殺しにする戦闘に参加させられる。

朝鮮人は東京の各地で追い立てられ、逃げ惑っているうちに集団化したのであるらしい。日本軍は彼らを一か所に追い込み、突撃命令を出して、皆殺しにする作戦をとった。まさに戦争だった。

越中谷は、自身の経験によってこの暴行を描いたという。冒頭の言葉は、作者自身の感慨であろう。××が多いが、これは戦後、可能なかぎり復元された『越中谷利一著作集』によったのである。当時はさらに伏字が多く、最後の二頁は削除されてしまっていた。

この作品は一九二七年九月の『解放』に発表され、一九二八年五月、日本左翼文芸家総連合によって刊行された『戦争ニ対スル戦争』に掲載されて、ひろく読まれることになった。このときも、最後の二頁は削除されたままだった。

『戦争ニ対スル戦争』が刊行されたのは、一九二八年三月一五日の大弾圧の直後のことである。ながくつづく経済不況は金融恐慌に発展し、倒産と失業がひろがっていた。中国では国民革命が進行し、北伐がはじまっていた。これに対して、日本の軍部は軍事的に干渉し、中国に対する支配を強化し、そこに不況脱出の道を求めた。

前年五月には山東省に出兵し、この年六月には、満州で張作霖爆殺事件が起っている。

天皇の名のもとに侵略戦争を推進するためには、これに徹底して反対する社会主義者、共産主義者を抹殺しなければならない。こうして三・一五の大弾圧がおこされ、治安維持法の改悪がおこなわれた。

このような反動の嵐に抗して、これまで分散して対立抗争していたプロレタリア文学団体が、戦争反対の一点で結集して、日本左翼文芸家総連合を成立させ、『戦争ニ対スル戦争』を刊行したことの意味は大きい。

こうしてプロレタリア作家同盟が成立し、プロレタリア文学は、戦争とテロルに抗し、自由と解放を求める文学運動として、広汎な作家たちを結集し、社会をゆり動かすものとなった。小林多喜二がプロレタリア作家としての自覚を固めたのも、この時期である。

一九〇一年(明治三四)—一九七〇年(昭和四五)。秋田市の生まれ。日本大学夜間部卒。在学中に日本社会主義同盟に加盟する。習志野の騎兵連隊に入隊、その時に関東大震災に遭遇し、出動時に反抗的な態度をとったため直後に除隊させられた。日本無産派文芸連盟、日本無産者芸術連盟を経て、日本プロレタリア作家同盟に参加する。「一兵卒の震災手記」は一九二七年「解放」に発表。『日本プロレタリア文学集・14「戦旗」「ナップ」作家集(1)』(新日本出版社)に収録。

同胞の日本人が惨殺された。掠奪された。天井裏の板一枚まで剥ぎ取られた。と、彼等は、その現象だけを問題とした。そして、一人が殺されたその倍がえしをせずにいられない、憤怒と、情熱と、復仇心を感じた。

黒島伝治「武装せる市街」

『武装せる市街』は一九三〇年一一月に日本評論社より刊行された。

この小説の舞台は中国山東省の省都済南市である。当時、中国では国民革命が進行中であった。日本は北上する北伐軍をはばもうとして、二度にわたって山東省に出兵した。一九二八年四月、張作霖の支配下にあった軍閥張宗昌が敗退すると、居留民の保護を名目に、日本軍が進駐した。やがて、国民軍が入城したが、ふとした事件をきっかけに、日本軍は中国軍と交戦し、増援部隊を派遣して、済南城を占領した。この戦闘で、一般市民を主として五千人にのぼる死傷者が出たといわれる。

『武装せる市街』は済南に進出した日本のマッチ工場を描き、七つか八つの少年少女を酷使し、賃金の不払いに抗議する中国人労働者に残酷なリンチを加えるなど、日本軍の権威を背景に、横暴をきわめる搾取の実態をあばきだしている。

中国では、日本、アメリカ、イギリス、ドイツなどの帝国主義諸国がきそいあっていた。国民軍の軍事力は、アメリカの資本家の援助で強化され、軍閥勢力を打ち破った。

国民軍が北上し、共産党や総工会の影響がつよまると、中国人労働者のあいだに動揺がおこった。進駐してきた日本軍は、一般の日本人居住者を守るのでなく、日本人が経営する工場だけを守った。そして日本軍に守られた工場では、中国人労働者に対する乱暴な攻撃が行われた。

軍閥の軍隊が敗退して、国民軍が入城し、日本軍が進駐している済南は、さまざまな力が衝突しあう一触即発の場所であった。

黒島はまた、麻薬の密造・密売をしているうちに、自分自身がすっかり麻薬にやられて廃人になってしまった老人や、軍に情報を売る密偵など、植民地支配のかげにうごめく腐敗と暗黒の世界を描き、日本の中国支配の現実を暗部から照らし出した。

そして、戦争はふとしたことからおこった。軍閥とむすびついてうまい汁を吸ってきた大陸ゴロが、済南を逃げ出すにあたってはたらいた略奪行為ががきっかけで、国民軍が押しよせ、日本軍がかけつけて撃ちあいになり、「まるで、用意をして、待ちもうけていたもののように」全市的な市街戦に拡大していった。

在留日本人の被害は誇大に、扇情的に報道された。殺されたのは一四名だったが、二百八〇名がが虐殺されたと報じられた。「婦人を裸体にして云うに忍びざる残酷なやり方のあと、虐殺した」などと新聞は書いた。

こうして憤怒と情熱と復仇心を煽りたてられた日本軍は、市街戦で殺された日本人の約一五倍の支那人を血祭りにあげ、死体を蹴飛ばした。

また、この戦争のどさくさにまぎれて、同じ労働者として中国人労働者に同情し、中国人の殺戮に反対する兵士たち五人が、一将校の手で殺された。

『武装せる市街』は帝国主義的侵略の現実を多面的に描き出し、その本質に迫る作品だった。そのため、戦後も米軍の占領時代には、その出版が禁止された。


『武装する市街』は、一九三〇年に、日本評論社より書き下ろしとして刊行したが、即日発禁となった。『日本プロレタリア文学集・9　黒島伝治集』（新日本出版社）などに収録。

小林多喜二「沼尻村」

今までありったけの声で、ワッハ、ワッハ………と笑っていた神田の父親が、奇妙な手振りと腰つきをしながら、ギクッ、ギクッと肩をしゃッくり上げた――かと思っていると、急に父親は大声をあげて泣き出した。はじめ、皆んなは何かわからず、一層笑った。が、すぐ冗談でないことがわかった。

神田と石山に召集令状が来て、村長、校長、在郷軍人の分会長をはじめ、村の人々が集まった壮行会の席上のことである。

酒に酔った校長は「ここはみ国の何百里／離れて遠き満州の」にはじまり、「友は野末の石の下」「時計ばかりはカチ〳〵と……」とつづく「戦友」を歌い、一節ごとに「いや、目出度いことだ！」と繰り返した。

「全く名誉なことだ！　お前さん、村一番の幸福《しあわせ》ものだよ。なかなか国に対する御奉公というものはできないものだ」「後のことは少しも心配するな！　みんな俺だちで何んとかしてやってやる！　在郷軍人も青年団も地主さん方も、みんなついていているんだ」と校長は一人で大声をあげた。

石山の若い女房は、膝に赤子をのせながら、みんなの後ろに坐って時どき手の甲で眼をこすっていた。自分よりも泣いているのは夫だと思った。「子どもに心がひかれるとか、女房に後ろ髪をひかれるとか、そんなことよりも、明日からどうしてその二人が食って行けるか？……」

神田の父親はグデングデンに酔っぱらって、歌をうたい、奇妙な格好で踊りだした。そして大声で笑い出したかと思うと、急に泣き出したのである。

「沼尻村」は一九三二年の『改造』四、五月号に発表された。発表されたのは第一部で、多喜二はつづきを書くつもりだったが、翌年二月、警察の手で虐殺され、中絶した。

一九二七年の金融恐慌につづいて、一九二九年には世界大恐慌がおこり、銀行や企業の閉鎖、倒産、事業縮小がつづき、大量の失業者が出た。農村で食えないから都会へ出て来た人々が、いまは農村に逆流した。しかし、その農村は全般的な不況にあえいでいた。とくに、東北、北海道は未曾有の冷害で飢餓に苦しんでいた。

前号で見たように、日本はこの危機からの脱出口を中国侵略に求めた。こうして、日本軍がみずから仕掛けた柳条湖の鉄道爆破事件を契機に、「満州」全土に侵攻し、「満州事変」が始まる。

「沼尻村」はこのような時代を背景に、飢餓に苦しむ北海道の農村を描いた。

自分たちの食糧すらない貧農は、小作料全免、借金棒引きを要求して立ち上がろうとする。しかし、この農民の集会は、青年団や在郷軍人会と結んだ要吉たちの暴力的な乱入によって破壊された。警察が介入して、運動を指導した河原田たちを検束したのである。

百姓たちは戦争に期待していた。満州を取らなければやっていけない。この悲痛な声を背景に、政財界の腐敗を糾弾する要吉たちは、軍部による国家革新を主張した。農民組合の古い指導者は「日本の軍隊が極寒の満州で苦戦をしているとき、我々国民としては内でこのような騒ぎを起している時ではないと思う」と主張した。

しかし、神田の父はリョウマチで働けなかった。たった一人の働き手を奪われた一家はどうなるか。多喜二はこの苛酷な現実を描いて、戦争の本質を今日に伝えている。

一九〇三年（明治三六）―一九三三年（昭和八）。秋田県生まれ。四歳の時、北海道小樽市に移住。小樽高等商業学校卒。北海道拓殖銀行小樽支店に勤務しながら、創作に力を入れる。共産党弾圧事件を描いた「一九二八年三月十五日」で注目され、「蟹工船」により、プロレタリア文学の作家としての地歩を築いた。「不在地主」の発表を理由として銀行を解雇され、上京。作家同盟書記長として、運動に挺身するとともに創作にも邁進した。スパイの手引きにより逮捕され、即日築地署で特高の拷問により虐殺された。作品に、「工場細胞」「沼尻村」「党生活者」「転形期の人々」「地区の人々」がある。
「沼尻村」は、一九三二年（昭和七）『改造』に発表。『小林多喜二名作ライブラリー4 党生活者・地区の人々』（新日本出版社）などに収録。

しかし痛快にやったもんじゃありませんか。一遍思いきって——」

（中略）

右でも左でも構わない。現在の社会の蟻地獄から自分たちを救いだしてくれるものなら、どちらでも賛成だ。

野上弥生子「迷路」

一九三六年二月の二・二六事件直後のある中学教師の言葉である。ながく不況がつづき、出口のない閉塞感に苦しむ国民のあいだに、〈昭和維新〉を呼号し、〈国家改造〉を主張する青年将校の決起を歓迎する感情も強まっていた。

三一年の満州事変以後、「非常時」が強調され、文化・文学運動に対する弾圧は苛酷をきわめた。三三年二月には小林多喜二が警察の手で殺され、同年の滝川事件では、ファッショ化反対を叫ぶ全国の学生、文化人のたたかいが根こそぎ壊滅させられた。

左翼の壊滅は、変革を求める国民のあいだに、右翼の革命的言辞と過激な行動に期待する感情を生んだ。そして、日本は急速に戦争体制をつよめ、ついに三七年、盧溝橋事件をきっかけに、中国全土に対する侵略戦争にのめりこんで行った。

野上弥生子はこの激動する時代の衝撃のなかで、「黒い行列」「迷路」を書き、三六年一一月と三七年一一月の『中央公論』に発表した。戦後になって、これをもとに全面的に書き改めたのが大作『迷路』である。

『迷路』は三五年の東大の五月祭からはじまっている。菅野省三は自分が在学していた二年前とあまりに変った大学の様子に驚く。当時は滝川事件で大学は沸騰していた。学内には背広姿の刑事が多数潜入して、運動破壊のために動きまわっていた。

いまの大学にはそのような気配はない。ごったがえす群衆は、ただ高橋おでんの入れ墨とか、夏目漱石のアルコール漬けの脳髄とか、赤ん坊のミイラとか、なにか珍しいものにびっくりしたがっているばかりである。

しかし、「その驚きが、なにかの契機で、一つの傾倒と崇拝に転じて行く心理こそ、流行のファッショ化の、いわば一般の過程なのだ」と省三は考える。

省三は転向者である。ヒューマニズムの理想に燃えて運動に参加した青年たちは、時代に翻弄されて、さまざまな生きかたを強いられた。野上弥生子はこの若い世代の苦悩を、深い同情をもって、さまざまに描きだした。省三にひかれながらも反撥し、財閥の息子と結婚する多津枝にも、自分の生き方を見失ったこの時代の女性の苦悩を見たのである。

戦争にむかって突き進む日本の姿を多面的に描き出した『迷路』は、日本ではめずらしい大作である。政治家や実業家を描き、中央の政治家と地方の結びつき、地方の資産家の対立と抗争など、現代そのままの政治構造を描き出している。

〈今にどーんと来れば〉と、田舎町の材木屋の親父までが戦争によって事業を拡大しようと期待し、それにもまして大きな資本家、世界の武器製造業者たちは戦争の拡大を求めていた。そして、国民の多くは政治に無関心で、利那の享楽ばかりを追い求めているうちに、戦争とファシズムにまきこまれて行く。

不況がながくつづき、テロリズムの衝撃をきっかけに戦争が世界に拡大し、日本でも戦争の準備が急速に進められているいま、この作品は新しい意味をもってよみがえってくる。

一八八五年（明治一八）―一九八五年（昭和六〇）。大分県臼杵市生まれ。明治女学校卒。漱石門下の野上豊一郎と結婚。『ホトトギス』に「縁」を掲載し作家として登場する。広い社会的視野と文化的教養にもとづく多くの作品を残した。文化勲章を受章。代表作に、「海神丸」「真知子」「若い息子」「秀吉と利休」「森」などがある。
「迷路」は、一九三六年から『中央公論』に連載されたが、戦争で中断した。戦後『世界』で書き継がれ、一九五六年に完結した。岩波文庫など。

火野葦平　「土と兵隊」

私達の右手を進んでいた第一分隊の誰かが倒れた。うめく声が聞えた。二三人兵隊が駆け寄った。………向うでも誰か倒れた。無論我々は顧みて居るどころではない。耳の傍を弾丸がうなって過ぎる。泥砂の中にぷつぷつと穴をあけてつきささる。我々は遮二無二突進した。

一九三七年七月七日、北京の郊外蘆溝橋付近の発砲事件がきっかけで、日本軍は中国全土を戦場とする泥沼の戦争に突入していった。

このため予備役の大動員が行われ、全国から徴集された兵士たちが、中国大陸に運びこまれた。火野葦平も九月に召集され、一〇月、杭州湾に敵前上陸した。

「土と兵隊」はこの経験を作品化したものである。検閲で削除された部分や、記述をはばかった部分も多かったが、戦後、それらを書き足して、現行の作品となった。

当時火野は三〇歳、若松沖仲仕労働組合を結成して、荷役のゼネストを決行するなど、戦闘的な左翼青年であったが、特高に検挙され、転向して、作家として生きようとしていた。大変な愛妻家で、三人の子があり、出征中にもう一人生れた。

「土と兵隊」は、普通の生活から急に動員され、どこへ行くかもわからぬ輸送船に積みこまれた〈私〉が、生死の境をくぐりぬける苛酷な体験によって、次第に軍人としての自覚をもつようになるという筋書きだが、この作品には、戦争の犠牲になる中国の民衆や兵士の姿が、愛情をこめて描き出されている。

戦火を避けて暗闇の道路を移動中、中国側のトーチカから射撃され、瀕死の重傷を負った一人の母親は、道路傍に投げ出された赤ん坊の方に手をさしのべ、何か歌うようにつぶやいて、赤ん坊をあやしていたが、やがて赤ん坊を腕の中に抱いて、そのままの格好で死んでしまった。赤ん坊は眼をくるくる動かし、時どきにこにこ笑ったりしていた。

一晩中、泣きつづける赤ん坊の声は、野原一面で鳴く虫の声とまじりあって、兵士たちに故郷のことを思い出させ、やりきれない思いにしたと火野は書いている。

激戦の末、奪い取ったトーチカから出て来た中国兵は、どれもひ弱そうな若い兵隊で、日本人によく似ていた。彼らは手を合わせ、助けてもらいたいという哀願の表情をした。トーチカの中には泣いている二人の兵隊がいた。二人とも、ほとんど少年の若さで、女かとみまがうばかり美しかった。一人は母かと思われる女の写真を示し、しきりに殺さないでくれという身振りをした。よしよしというようにうなずくと、少年兵の悲しみにつぶれた顔に、かすかな喜びに似た影がかすめたように思われた。

しかし、この捕虜たちは、私がちょっと眠っているあいだに、全員殺されてしまった。死骸は散兵壕の中に投げこまれていた。「三六人、皆殺したのだろうか」〈私〉は胸の中に怒りの感情の渦巻くのを覚え、嘔吐を感じたと、火野は書いている。

〈私〉はしばしば大きな空を見上げ、美しい月と星を眺める。大きな自然のなかで、故郷の家族を思い、個人的には何のうらみもない人間同士が殺しあう戦争の空しさを思ったのであろう。

出征前に書いた「糞尿譚」が芥川賞を受賞して、戦地でおこなわれた授賞式が話題になり、「麦と兵隊」で戦争作家としてもてはやされた火野は、戦後は戦犯作家という非難を受け、やがて自殺する。時代に翻弄された作家の悲しみが思われる。

一九〇七年（明治四〇）—一九六〇年（昭和三五）。福岡県若松町（現・北九州市）生まれ。早稲田大学英文科中退。家業の港湾荷役を継ぐ。日中戦争応召前に書いた「糞尿譚」で芥川賞を受賞した。従軍中の作品「麦と兵隊」や「土と兵隊」「花と兵隊」の兵隊三部作で流行作家となった。このほか、「青春と泥濘」「花と竜」「革命前後」などがある。
「土と兵隊」は、一九三八年に『文芸春秋』に発表。新潮文庫、『火野葦平戦争文学選第一巻　土と兵隊　麦と兵隊』（社会評論社刊）などに収録。

石川達三「生きている兵隊」

少女は家の中に逃げこんだが、銃声を聞いて飛び出した兵はすぐにこの家を包囲し、扉を叩きやぶった。そして唐草模様の浮き彫りをした支那風な寝台のかげに踞《うずくま》って顔を伏せている少女に向ってつづけざまに小銃弾を浴びせ、その場に斃《たお》した。この家の中には今一人の老人がいたが彼もまた無条件で射殺されることになった。

日本軍の将校が、路上で一一、二の少女に拳銃で撃たれて即死したことからこの事件がおこった。そういう了見なら「支那人という支那人は皆殺しにしてくれる」というので、「幾人の支那人が極めて些細な嫌疑やはっきりしない原因で以て殺されたかわからなかった」と、作者は書いている。

中国兵は追いつめられると庶民の中にまぎれこんだ。日の丸の腕章をつけている良民の中にも正規兵の逃亡者が入っているかも知れなかった。「抵抗するものは庶民と雖も射殺して宜し」という指令が軍の首脳部から伝達されたのはこの事件の直後であった。

一九三七年、蘆溝橋の偶発的な小事件が全面的な戦争に拡大され、新聞社・出版社はきそって作家たちを中国に特派した。石川達三は同年一二月、中央公論社から派遣されて陥落直後の南京に一ヵ月ばかり滞在し、その見聞をもとにこの作品を書き上げ、一九三八年三月の『中央公論』誌上に発表したのである。

南京の残虐行為は当時の国民にはすこしも知らされなかった。新聞・ラジオ・雑誌などは戦争美化の記事で埋まり、南京陥落は提灯行列などの大々的な祝賀行事で迎えられた。石川はこのような風潮を憤り、戦争の悲惨な真実をつたえ、この戦争に動員された兵士たちの苦悩に迫ろうとした。

平尾一等兵が気狂いのようになって、一七、八の娘の胸を銃剣で三度も突き刺し、他の兵たちも頭といわず腹といわず突きまくるという事件を石川は書いている。娘は日本軍に撃たれて動かなくなった母を胸の中に抱きかかえ、いつまでもいつまでも号泣しつづけていた。その泣き声は夜ふけまでつづき、平尾はついに耐えられず、突然の凶行に及んだのであった。

新聞社の校正係だった平尾はロマンティックな青年で、感受性の強い繊細な神経は荒々しい戦場の生活でひとたまりもなく破壊されたのだった。平気で人を殺す乱暴者の下士官もいたが、兵士たちの大多数は平和を愛し、人間を愛する普通の市民だった。とうてい人殺しなどできそうもない人々である。それなのに、兵士となって戦場におもむくとなぜあのような残虐な行為をするのか。

石川は目をおおうような日本軍の残虐行為をリアルに描いたが、これを告発し、否定するために書いたのではなかった。殺人が日常的な、苛酷で異常な現実が、彼らを変質させ、残虐行為に駆りたてる。どんな戦争でも、戦争というものはこのような悲惨な事件を生まずにはいないのだと、むしろこれらの日本兵を弁護しようとさえしていた。

しかし、この作品を発表した『中央公論』は発禁になり、作者は「皇軍兵士の非戦闘員殺戮、掠奪、軍紀弛緩の状況」を記述し、「安寧秩序を紊乱する」として起訴され、有罪となった。戦争は作者の主観的な意図にかかわらず、一切の真実を許さなかったのである。

一九〇五年（明治三八）―一九八五年（昭和六〇）。秋田県横手町（現・横手市）生まれ。早稲田大学英文科中退。ブラジルの農場での体験をもとにした「蒼氓」で第一回芥川賞を受賞。「生きている兵隊」が発禁処分となる。戦時中は、海軍報道班員として東南アジアを取材する。戦後は社会派作家として「風にそよぐ葦」「人間の壁」「金環蝕」などの作品がある。

「生きている兵隊」は一九三八年に『中央公論』に発表。発禁となる。中公文庫に収録。

宮本百合子「その年」

二度と息子の生きている姿を或は見ることが出来ないかも知れないのだと思うと、お茂登《もと》の心は昔々源一たちが小さくて自分が襟をあけては乳をくくめてやっていた時分、その乳が張って痛んで来たように切なくいとしく痛んで来て、何とかして、生きていられるいまの日々のうちに、息子たちを喜ばしてやりたい。その思いで、喉もつまるほどせき上げられるのであった。

中国に対する戦争は、首都南京が陥落しても終らず、戦線は限りなく拡大して、妻子のある三〇歳以上の後備兵まで動員されることになった。

一年半ばかりのうちに、村からも四〇余人が出征し、はや、遺骨になって白木の箱にいれられて帰ってきたものもあった。息子の源一も、いつ来るかと不安な日々を過ごしていた召集が来て、名も知らぬ遠い大陸の戦線に駆り出されていった。弟の広治もやがて入営しようとしている。

息子を軍隊に奪われた母親の切ない思いを、宮本百合子は母だけが知っている肉体の痛みとして描き出した。母の肉体の深みから、戦争の不条理と悲しみを描き出したのは百合子が始めてであったろう。

○○作戦に参加したという紫色のゴム印で隊名を記した軍事郵便が来たが、記された地名はお茂登の見当つかないものばかりだった。犠牲者も相当出ましたが、幸い僕は風邪一つ病まず元気一杯ですと、源一は書いていた。広治が慰問袋に入れて送ったハーモニカは、流行歌で兵隊たちを慰問している。眠い夜行軍には特に役立ったとも書かれていた。源一の面影が浮ぶような懐かしさで、お茂登はくりかえし読んだ。

しかし、悲しんでばかりはいられない。父のあとをついで運送業をしていた息子たちが相次いで軍隊に奪われたあとは、どうして仕事をつづけるか。一度はトラックを処分して仕事をやめようと思ったが、源一の入営中使っていた友三という運転手が、トラックが徴発されて手が空いたので使ってくれというのを聞いて、留守を守って家業をつづけようと決心する。

軍需景気と人手不足が、兵役をまぬがれた人たちに思わぬ好運を恵んでいるようにも見えた。しかし、トラックを取り上げられた友三の場合も同様だが、戦争は人々の生活を容赦なく破壊して、拡大していった。

お茂登の家のすぐ裏を、住民の都合など無視して、まっすぐに町中をつらぬいて建設された軍事道路が通るようになった。戦争で働き手を失った女所帯の住民たちは、片隅に押し込められ、息をひそめて暮さなければならなかった。

百合子は夫である宮本顕治の母や弟たちをモデルにして、戦争で息子を奪われた母たちの悲しみとともに、日本のいたるところで進行していた、戦争による生活破壊の現実を、検閲を顧慮しながら、短い作品に注意深くまとめあげた。

もちろん、顕治は獄中にいたし、百合子自身も何度か検挙され、執筆禁止になったが、そのすきを縫うように、この作品は一九三九年（昭和一四）三月に書き上げられた。『文芸春秋』に発表の予定だったが、しかし、執筆当時は発表を許されず、戦後になってようやく日の目を見ることができたのである。

一八九九年（明治三二）―一九五一年（昭和二六）。東京・小石川の生まれ。日本女子大英文科中退。『中央公論』に「貧しき人々の群」を発表し、注目を受ける。アメリカに留学し、結婚、その後離婚する。その体験は「伸子」に描かれる。湯浅芳子とソ連に滞在する。帰国後、作家同盟に加入し、日本共産党に入党した。一九三二年宮本顕治と結婚、投獄や執筆禁止に抗しながら、執筆活動に挺身した。戦後、小説、評論など旺盛な創作活動を続けるが、病により急逝した。代表作に、「風知草」「播州平野」「二つの庭」「道標」、戦時中の顕治との往復書簡「十二年の手紙」などがある。

「その年」は、執筆当時掲載ができず、戦後に発表された。『宮本百合子名作ライブラリー3三月の第四日ほか』（新日本出版社）に収録。

永井荷風『断腸亭日乗』

時節はかわる。世はかわる。

燕の群よまた来る春にお前たちのまた来る時。

お前たちの古巣はもうあるまい。

老舗《しにせ》はつぶれ庫《くら》は倒れているだろう。


一九四〇年（昭和一五）一〇月二一日の『断腸亭日乗』に記された詩の一節である。

この年は神武天皇の建国から二千六百年ということで、神話的歴史観にもとづく国家的奉祝行事が国内いたる所で展開されていた。しかし、盧溝橋事件から三年、中国に対する戦争は泥沼の長期戦になって、国民経済は窮乏し、国民総動員法による経済統制がはじまった。食糧その他生活費需品が配給制となり、企業の統廃合が強行されたのである。

書籍雑誌店も店数を減らし、閉店を命じられた家の主人は雑誌配給所に勤務することになると聞き、荷風は「昨日の雨けさの風。／河岸《かし》の柳は散っている。」に始まるこの詩をつくった。誰も想像しなかった悲惨なことが次々におこる時代であった。

ヨーロッパでは、前年九月にドイツがポーランドに侵入して、第二次世界大戦が始まり、この年の六月一四日にはパリが陥落して、ドイツはヨーロッパ全域を支配する勢いであった。日本でもヒトラーを讃美する声が爆発的に高まった。近衛内閣は〈国防国家体制〉の樹立、〈大東亜新秩序〉の建設、〈新体制〉確立を基本方針としてかかげ、この年九月、日独伊三国同盟を締結した。対中戦争の行きづまりから、日本はさらに大きな対米英戦争への道を進み、国民に耐え難い犠牲を強いることになったのである。

ナチスの組織と神話的歴史観を混ぜ合わせ、〈一億一心〉〈大政翼賛の臣道実践〉をスローガンに、全政党を解散して大政翼賛会が結成されたのは一〇月一二日のことである。当時は「バスに乗りおくれるな」という言葉が合言葉になり、政治、経済、文化の各界にわたり、〈新体制〉に迎合し、便乗する言動が氾濫した。

一〇月一五日の『断腸亭日乗』には「この頃は夕餉《ゆうげ》の折にも夕刊新聞を手にする心なくなりたり。時局迎合の記事論説読むに堪えず。文壇劇界の傾向に至ってはむしろ憐憫に堪えざるものあればなり。」という言葉がある。深夜目ざめて眠ることができず、夜もすがら鳴くコオロギに聞き入り、「こうろぎは死し／木がらしは絶え／ともし火は消えたり。／冬の夜すがら／われは唯泣く一人泣く。」とうたった。

『断腸亭日乗』は一九一七年九月一六日から、死の前日五九年四月二九日におよぶ四二年間の記録である。きびしい言論弾圧の時代に公表することのできない鬱屈した思いがひそかに書きつづられている。一時は官憲をおそれて抹殺した部分も少なくないが、やがて、後世のためにと復原につとめた貴重な資料である。

特にこの時期は、戦争によって日に日に追いつめられて行く庶民生活の実態を克明に記し、ドイツの暴虐と軍人専制の世を憤って、その醜悪な実態を暴露し、痛烈な批判と慷慨の言葉を書きつづった。

一九四一年の一月に食糧をもとめて奔走する庶民の日常を記して「政府はこの窮状にもかかはらず独逸の手先となり米国と砲火を交へむとす。笑ふべくまた憂ふべきなり。」と書いた荷風は、一九四五年の八月一五日には「休戦の祝宴を張り皆々酔うて寝に就きぬ。」と記している。

一八七九年（明治一二）—一九五九年（昭和三四）。東京小石川生まれ。東京高等商業学校付属外国語学校（現・東京外国語大学）清語科中退。広津柳浪門下となる。ゾラに傾倒し「地獄の花」を発表。米欧に留学し、一九〇八年に帰国。この体験は「あめりか物語」「ふらんす物語」にまとめられた。慶應義塾大学教授となり、「三田文学」を創刊。大逆事件を契機として、戯作者として生きるとし、江戸趣味に傾く。「つゆのあとさき」「ひかげの花」をへて、「濹東綺談」を著わす。戦後に、「勲章」「踊子」などの佳作を残す。「断腸亭日乗」は、荷風の日記で、一九一七年から死の前日一九五九年まで書かれた。岩波文庫に『摘録断腸亭日乗』として収録。

広津和郎「政治と文学」

われわれはわれわれが動かなければならない時が必ず来るのを知っている。それは今直ぐでないかも知れない。併しやり出したものがやり出したものの力の限度を知って手を挙げる時には、日本の知識階級が乗り出して行って始末をつけなければならないようになる。

冒頭にかかげたのは、宣撫班員として大陸に渡る知人の送別会で述べた言葉である。一九四〇年二月の『文芸春秋』に発表した「政治と文学」に広津は、〈こうして筆を持っていると、いろいろの感情が胸にほとばしって来る。無遠慮に云いたい事の数々、国家百年の安泰を期するためのわれわれの希望――〉と、こみ上げる切実な思いをこめて、二年ほど前のこの言葉を書き記した。

阿部陸軍大将の内閣が総辞職して、米内海軍大将の内閣が成立した直後のことである。前年八月、ノモンハン事件の直後に独ソ不可侵条約が結ばれ、九月一日、ドイツがポーランドに侵攻して、第二次世界大戦が始まった。この思いがけない事態に、平沼内閣は「欧州の天地は複雑怪奇」と述べて在任九ヵ月で総辞職し、そのあとを受けた阿部内閣も、わずか四ヵ月で総辞職したのであった。

米内内閣も半年で近衛内閣に変り、ドイツの電撃戦で欧州全土を席捲する勢いにあおられて、日独伊三国同盟が結ばれることになる。日本は激動する世界史の荒波に翻弄され、右へ左へと揺れ動きながら、対米英戦争の方向に押し流されて行ったのである。

日本の政府は国際問題に対する明確な認識と方針を欠いていた。そして、軍部の横車、陸海軍の対立、政党や官僚機構間の対立によって、内閣が次々に交代していった。〈小利益、小面子《メンツ》の衝突、顔が立つとか断たないとか、どんぐりの丈較べのような小っぽけな親分《ボス》共の暗躍跳梁――派閥の中に派を樹てる朋党根性!〉

新しい内閣ができれば国民は期待するが、期待はずれが続くと、国民の期待もだんだん薄れて来る。〈誰が出ても、国民に向ってこの「重大時局を認識せよ」というだけでこの重大時局を彼等がどう乗り切るかということになると、結局空手形の連発以外のものでない事を国民は知っている〉と広津は書いた。〈内閣総理大臣の権限強化〉と言っても「言葉」だけなのだ。

広津は阿部が首相に就任した時の声明について〈奇異に堪えないのは「国民指導」とい

う言葉はあっても、「国民の福祉幸福をはかる」という言葉がない事である〉〈「国民にも言わせて欲しい」〉と述べている。

日本の政治は「国民」を強調しながら、国民を見失っている。いかに国民の自覚を説いても、言論を抑圧し統制するばかりの政治は国民の自覚を不可能にしているのである。いまは一人ひとりが自己に立ちかえり、自分の目で現実を見つめ、自分の言葉を発することが必要なのだと、広津は強権による言論統制、画一的な国家主義教育を批判した。

この重大な時期に日本の政治は破産している。この危機の意識が、元来は虚無的な色合いの濃い作家だった広津に、必死の発言を続けさせた。しかし、やがて日本は破滅を必至とする世界戦争への道に踏み込んでいった。〈ジリ貧〉をまぬがれようとして〈ドカ貧〉の道に迷いこんだのである。そして、これが広津の政治についての戦時中最後の発言となった。

一八九一年（明治二四）―一九六八年（昭和四三）。東京生まれ。父は作家、広津柳浪。早稲田大学英文科卒。葛西善蔵、谷崎精二らと同人雑誌『奇蹟』を創刊。「怒れるトルストイ」などの評論で注目される。さらに「神経症時代」で作家として認められる。プロレタリア文学の時代には、「同伴者作家」と目された。戦後は、作家活動と同時に、松川事件に関わり、裁判批判に精力的に取り組む。代表作に私小説「師先行」「やもり」や「風雨強かるべし」「女給」「巷の歴史」「あの時代」などがある。また自伝的回顧録「年月のあしおと」がある。「政治と文学」は一九四〇年（昭和一五）『文芸春秋』に発表。『広津和郎全集　第九巻　評論2』に収録。

北　杜夫「楡家の人々」

「大本営陸海軍部発表。十二月八日午前六時。帝国陸海軍は、今八日未明、西太平洋において米英軍と戦闘状態に入れり」

その朝、早朝のラジオをきいた徹吉は、「周二、始まったぞ。アメリカと始まったぞ」と呼びかけた。〈この父親がこんなふうに親しく情感をむきだしにして息子に呼びかけたことはおよそなかった。〉

「楡家の人々」は大正なかばから敗戦まで、ほぼ三〇年におよぶ楡家の人々の生活を描いた千五百枚の大作である。新聞記事なども数多くちりばめて、激動する時代の流れを描き、時代に翻弄される人々の生活を描いている。かなり変形されているが、楡家は北杜夫の生家をモデルとし、徹吉は斉藤茂吉、周二は作者自身がモデルであった。

中国に対する戦争はいつおわるか知れず、生活は日に日にきびしくなっていった。重苦しい閉塞感に苦しむ国民は、開戦の衝撃に、それがどのような意味を持つかもわからぬまま、強く感情を揺り動かされた。

「負けてはならぬ、負けては……」ドイツ留学中に受けた人種的侮蔑の記憶が突然うかびあがり、「毛唐め！　毛唐め！」という言葉が徹吉の唇から出た。

中学二年の周二が登校すると、生徒たちは校庭に群がって、妙にひっそりと真剣にささやきあっていた。教師たちは教員室に閉じこもって一人も姿を見せなかった。不安と緊張の時間であった。昼まえ、宣戦の大詔が発表され、刻々と戦況が告げられた。

香港の攻撃、マレー半島の奇襲上陸、そして午後一時、「帝国海軍は本八日未明ハワイ方面の米国艦隊ならびに航空兵力に対し決死的大空襲を敢行せり」の発表があった。〈歴史は新しくなったのだ〉と一教師が昂奮した声で言い、周二はその言葉を強く心に諾った。〈周二は今までのみじめたらしい卑屈さを捨て去り、過去と絶縁して新しく決意したのであった。

一般の国民にとって戦争は、あの朝、突然に始まった。そもそも〈西太平洋〉というのがどこのことなのか、〈戦闘状態〉に入るとはどういうことなのかがわからなかった。政府は国民に何の相談もせず、秘密のうちに開戦準備をすすめ、そして突然、一片のニュースで開戦を知らせたのである。

国民にとって、戦争はあのニュースから始まった。そして、一度始まれば、扇情的なメディアの力で、異常な興奮に駆りたてられていった。それはすべての始まりだった。

たしかに〈歴史は新しくなった〉。しかし、それがどのようなものであるかは、国民は知らなかった。ただ、言語に絶する悲惨な経験によって知ることになるのである。そして、北杜夫はそれを多様な人物の運命をたどることによって見事に描出した。

激しい時代の流れのなかで、その時代を生きる人々は、自分が生きる時代がどのようなものであるかを知らない。狭い自己の経験と偏見に閉じ込められ、政府に支配される虚偽の報道に翻弄され、ただ、右往左往するばかりである。

そして、この異常な時代にも、いつもと変わらぬ日常的な生活がある。人々はひたすらそれに没頭し、時代に押し流され、そして思いもかけなかった結末へと突き進んでいく。

作者はそれを戦後の高みから批評するのでなく、〈愚か〉だったかも知れない人々に対する深い愛着の心で、戦争を生きたその人たちの視線から描き出そうとした。

一九二七年（昭和二）―二〇一一年（平成二三）。東京青山生まれ。斉藤茂吉の次男。東北大学医学部卒。精神科医として勤める傍ら、同人雑誌『文藝首都』に参加した。一九六〇年「夜と霧の隅で」で芥川賞受賞。著書に「幽霊」「どくとるマンボウ航海記」「輝ける碧き空の下で」などがある。

「楡家の人々」は、一九六二年から一九六四年にかけて『新潮』に連載された。新潮文庫に収録。

吉田嘉七『ガダルカナル戦詩集』

一線は補給とだえて既にひと月、
密林は焼き払われて、
わずかに残りし青き葉はなべて喰えど、
未だ来ず、米だに、塩だに、

ガダルカナルで戦った一兵士の詩集『ガダルカナル戦詩集』におさめられた詩の一節である。

ガダルカナル島は日本本土から五千キロ離れた南西太平洋ソロモン諸島の南端にある。一九四二年八月七日から翌年二月七日まで激しい攻防がおこなわれた。日本軍は制空権を奪われ、補給が途絶して、上陸総兵力約三万一四〇〇人に対して，餓死者を含む戦死傷者を約二万千人出し、ついに撤退を余儀なくされた。

兵士たちは敵の砲爆撃や銃撃で死んだばかりでなく、飢えて死に、熱病で死んだ。『ガダルカナル戦詩集』には、苦しみも喜びも共にして、その顔も姿もまざまざと目に浮かぶ戦友の死が〈破れたる鉄兜、今手にとりて／呼ばえども君は帰らず、〉と歌われている。

また、ようやく届いたわずかな米を喜び、生前ひたすら渇望しながら、ついに口にすることのできなかった戦友の墓前に供える「米」や「粥」など、過酷な戦場で戦う兵士の激情とともに、飢えと炎熱に苦しむ戦場の日々の喜びと悲しみが数多く歌われている。

『ガダルカナル戦詩集』が刊行されたのは一九四五年二月、本土に対する空襲もはじまり、敗戦前夜の切迫した感情が国民を支配し始めた時期である。

井上光晴は、灯火管制の暗い灯の下でこの詩集を読む一八、九歳の青年たちを「ガダルカナル戦詩集」という題で書いている。

久保宏に令状が来て急に入隊することになり、読書会の仲間たちがささやかな壮行会をおこなった。野沢英一は万葉研究会にも属して、もっとも過激な皇国少年だった。しかし、彼はひそかに胸部を金槌で強打しつづけ、自ら肉体を破壊して兵役を免れようとしていた。久保は母の出身にまつわる秘密を、すべてを打ち明けあうと誓いあった友人に打ち明けずに入隊することに心を痛めている。

それぞれが内心に暗い秘密をいだいていた。野沢英一の場合、それが暗い情熱となって、平和主義や自由主義的言動をはげしく攻撃させ、皇国主義的な誇大な言辞に陶酔させた。

長崎医大の看護婦浦川節子は、村瀬医師のことで取り調べを受けた。村瀬医師と連絡があった沖富枝と友人だったためである。

警察では読書会のことを聞かれた。村瀬医師は俳句会を通じて反戦運動を指導していたということだった。笈田講師は読書会は解散したほうがいいと言う。いまはもう、集まること自体が危険なのであった。

「ちよろずのかなしみの雪ふる島あり」「苦力《クーリー》昇天くらい鉛の街である」「海の河もしんしんと凍りわが喪章」というような句が、村瀬医師が取り上げた反戦句として問題にされていたが、浦川節子はそこには『ガダルカナル戦詩集』と通じるものがあると思う。

暗い時代だった。死に追いつめられた若者たちの暗い情熱が、『ガダルカナル戦詩集』に感動し、それぞれの運命を生きようとしていたのである。

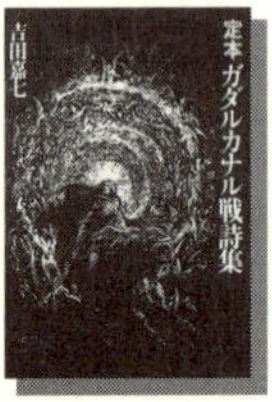

一九一八年（大正七）―一九九七年（平成九）。

『ガダルカナル戦詩集』は、一九四五年二月に毎日新聞社から刊行された。一九四五年に『ガダルカナル戦詩集：前線にて―勇士の詠へる』として毎日新聞社より、一九七二年に『定本ガダルカナル戦詩集』が創樹社より刊行された。

こうしてみんなは簡単にえらびだされて、転属者名簿にかきだされ、新しい服と靴と背嚢を支給されて死にに行くのだ。

野間　宏「真空地帯」

『真空地帯』は一九五二年二月、朝鮮戦争の最中に刊行された。作品に描かれたのは一九四四年（昭和一九）、戦争末期の大阪の部隊である。

兵隊たちが生活する場である内務班に光を当て、その過酷な初年兵教育の実体を精細に描き出して、日本の軍隊の本質に迫っている。

三年兵がいる。二年兵がいる。彼らは古年兵と呼ばれ、年次の古いものは下年次の兵に絶対的な権威を持つ。彼らは教育の名のもとに、初年兵を殴り、蹴り、その他あらゆる陰惨な暴力をふるって服従を強要する。

初年兵はいたぶられ、侮辱され、いささかの抗弁も許されない。プライド、自発性、人間的感情など、人間としての尊厳性を最後のひとかけらまで奪い取られて、無意志的な、絶対服従の〈兵隊〉になる。

初年兵の中には学徒動員で入隊した学業途中の学生兵がいる。また、社会や家族からひきはなされて強制的に入隊させられた三〇歳を過ぎた補充兵たちがいる。また、軍隊での昇進に未来をかける職業的下士官たちがおり、その頂点に人事係准尉がいる。彼らは隊内の実力者であるが、彼らの上に陸士出、または幹部候補生出身の将校がいる。

この時期、中隊長はほとんど幹候上がりの中尉だったろう。彼らは軍隊のことはほとんど知らず、実力者の准尉・下士官に馬鹿にされる。そして、学徒兵たちは幹候になり、将校になるのである。

軍隊は、生い立ちの異なる、さまざまな職業、階級、階層、年齢の者たちを集めて、その社会的な地位や能力を無視し、一律に〈兵隊〉にしようとする。あの過酷な初年兵教育はこのためのものである。

一般現役兵や下士官は、社会の下積みになって苦労してきたものが多かった。木谷も、はやく父をうしない、さまざまな職業を経て兵隊になった。字が上手で、能力もあったから経理室勤務になったが、ふとしたことから週番士官の落とした財布を拾い、その金を着服したことから、経理室内部の抗争に巻き込まれて、二年三ヵ月という重い刑に処せられた。手帳や手紙の他愛もない言葉から、反国家的な思想の持ち主で、軍事機密を漏らししたとされたのである。その裏には、自分たちの不正があばかれることを恐れる経理室内部の勢力の働きかけがあった。

復讐を求めて真相を追求する木谷は、ふたたび経理室内部の勢力の工作によって、南方に派遣される部隊に転属させられる。元来、出所直後の者は転属させられないことになっていたが、不正な物資の運用によって経理室内部の勢力は軍を動かす力を持ち、このような無法を押し通したのである。

派遣部隊に転属させられたのは主として所帯持ちの補充兵だったが、富裕な家の者はさまざまに工作してそれを免れた。

「真空地帯」は内務班の陰湿な初年兵いじめだけでなく、軍隊内部の入り組んだ人間関係、その腐敗の構造を描き出している。それが天皇の軍隊の実体だった。この作品は、南方に向かう船に載せられた木谷が、〈一つ、軍人は忠誠を尽くすを本分とすべし〉にはじまる「軍人勅諭」を思い浮かべるところで終わっている。

一九一五年（大正四）―九一年（平成三）。神戸市生まれ。京都帝大仏文科卒。大学時代に反戦運動に参加。卒業後は大阪市役所に勤務。召集を受け、フィリピン戦線に従軍するも、治安維持法違反容疑で送還される。陸軍刑務所に収監されたが、転向して出所する。戦後上京し、「暗い絵」で注目される。代表作に、「崩壊感覚」「わが塔はそこに立つ」「青年の環」などがある。

「真空地帯」は、一九五二年に河出書房から書き下ろし長編小説として刊行され、毎日出版文化賞を受賞した。岩波文庫に収録。

大岡昇平　「野火」

現代の戦争を操る少数の紳士諸君は、それが利益なのだから別として、再び彼らに欺されたいらしい人たちを私は理解できない。おそらく彼らは私が比島の山中で遇ったような目に遇うほかはあるまい。その時彼らは思い知るであろう。戦争を知らない人間は半分は子どもである。

軽い喀血をした〈私〉は、五日分の食糧を与えられて山中の患者収容所に送られたが、三日後に治癒を宣告されて退院した。しかし、〈私〉は分隊長に頬を打たれ、

〈〈中隊にゃ〉役に立たねえ兵隊を、飼っとく余裕はねえ。病院へ帰れ。〉〈どうでも入れてくんなかったら——死ぬんだよ。手榴弾は無駄に受領してるんじゃねぇぞ。それが今じゃお前のたった一つの御奉公だ。〉

と言われる。

米軍がレイテ島に上陸したのは一〇月二〇日、日本の連合艦隊はフィリピン沖海戦で壊滅し、米軍の圧倒的な兵力と火力によって、日本軍は全戦線で敗退していった。〈私〉の部隊も米軍に包囲され、食糧補給の道をたたれて、飢餓に苦しんでいたが、〈私〉が去って間もなく、米軍の砲撃で粉砕され、ばらばらになって敗走することになる。

軍隊からはじきだされた〈私〉は、フィリピンの原野をただ一人歩いて行き、村人が逃げ去ったあとの集落で、無人の畠を荒らして飽食の日々を過ごすなどしたが、部落にもどってきた比島人の女を銃で撃ったため、そこを去らなければならなくなった。

〈私〉は殺そうと思って女を撃ったのではなかった。引き金を引いたのは女が叫んだからである。弾丸が彼女の胸の致命的な部分に当たったのも、偶然であった。〈私〉はほとんど狙わなかった。これは事故であった。

〈しかし事故なら何故私はこんなに悲しいのか。〉女を殺したのは銃を持っていたからだと考えて〈私〉は銃を川に捨て、見知らぬ異郷をあてもなくただ一人、確実に迫って来る死を見つめながら歩いていった。

日本軍に荒らされた畠には、ゲリラに殺された日本兵の無残な死体が転がっていた。彼がおそれなければならないのは、米軍と同時に比島人、そして日本軍だった。

しかし、三々五々逃げていく日本兵と出会い、パロンポンに集合せよという軍命令が出ていて、そこからセブ島にわたるらしいと聞いて、〈私〉は生還の希望にとりつかれ、彼らとともにパロンポンを目指した。

道端には飢えて動けなくなった死に瀕した兵士や、餓死した兵士の死体が数多く見られた。そして死者たちは臀の肉がえぐり取られていた。

猿の肉だといわれて食べたのは人肉だった。やがて〈私〉は同行の兵士が、人肉を獲るために日本兵を撃ち、自分をも狙っているのを知り、すきをみて相手を撃ち殺す。

大岡は一九四四年、三五歳で教育召集を受け、フィリピンのミンドロ島に派遣された補充兵である。ミンドロ島の日本軍はほとんど全滅したが、偶然のことから助かり、米軍の捕虜となった。「俘虜記」はこの体験を作品化したものだが、この作品は、俘虜収容所での見聞をもとに、狂人となった兵士の手記として発表した虚構である。

朝鮮戦争勃発前後、再び戦争がはじまり、日本の再軍備がはじまった時代に大岡は、人が殺し合う戦争とは何かを徹底して追窮するこの作品を書きつづけたのである。

一九〇九年(明治四二)―八八年(昭和六三)。東京生まれ。京都帝大仏文科卒。スタンダールを専攻。帝国酸素、川崎重工業などに勤務。召集されフィリピン戦線に赴くが、ミンドロ島で米軍の捕虜となり、収容所暮らしをへて、復員。一九四九年、戦場の経験を描いた「俘虜記」で作家として出発する。他に戦争記録文学の大作「レイテ戦記」、恋愛小説「武蔵野夫人」、推理小説「事件」、評伝「中原中也」などがある。

本作「野火」は、一九五一年に『展望』に発表、翌年に創元社から刊行された。読売文学賞を受賞した。新潮文庫、角川文庫に収録。

吉村　昭「殉国」

本校の三年以上の生徒は、一昨日の昭和二十年三月二十五日付をもって全員召集令状を受けた。お前らは、すでに皇国の兵である。………本日ここに鉄血勤皇隊沖縄県立第一中等学校隊を編成し、大元帥陛下のみもとに馳せ参ずる。

アメリカ軍は四五年三月下旬から沖縄本島中南部や慶良間諸島に艦砲射撃を行い、三月二六日に慶良間に、四月一日には沖縄本島中部嘉手納海岸に上陸した。中学三年生の比嘉真一はだぶだぶの軍服を着せられ、陸軍二等兵として、圧倒的な兵力と火力で日本軍を島の南端に追いつめる米軍との戦闘に参加させられた。米軍は各種の砲弾、爆弾を集中させ、地上にあるものすべてを掘りかえし、その上を戦車の群が進んできて、洞穴を発見すると火焰放射器で、執拗に炎を吹きこんだ。
入隊した夜、若い中隊長は「これからは貴様たちの郷土は決戦場となるが、至誠殉国の精神を以て郷土防衛のために死ね」と言った。

五月四日の総攻撃には師範学校男子部の斬込隊員が出撃し、五年生の生徒全員がが機雷を背に敵戦車に体当たりをしたという情報があった。

「おれたちも、斬込むんだ」「兵隊になったからには戦うんだ。敵を一人でも多く殺すんだ。おれたちは、鉄血勤皇隊員だ」という声が真一の仲間たちからあがった。

〈ひめゆり部隊〉として看護婦の仕事に動員されていた女学生四人が、「斬込むーー」「アメリカ殺すーー」といってあばれ、荒縄で後手にしばりつけられて、雨にうたれたまま土の上に転がされるというようなことも起った。

真一たちは〈負傷者運搬作業〉に従事していたが、陸軍病院壕は負傷者で充満し、運ばれた負傷者たちは壕外に放置され、死体も壕外に横たえられてわずかに毛布をかぶせるだけになっていた。

負傷者たちはは血と膿と排泄物にまみれ、無数のウジにたかられて、ただ呼吸しているだけだった。しかし、この病院も撤収することになり、重傷患者は青酸カリを混入された牛乳を自決のために配られた。

軍とともに多数の住民が南部の喜屋武半島に向かい、摩文仁《まぶに》岬に追いつめられて行った。真一は負傷者を助けて南下したが、多くの悲惨な負傷者と死者たちを目撃した。二人の友人は内臓をはみ出させ、顔の半ばをふきとばされた。壕が爆破され、死体の堆積の下敷きになって、わずかに命を助かったこともあった。それ以後、死体の山に身を隠しながら南下して行った。

道路には、入る壕もないのか住民たちが放心したように往き来していた。死んだ子どもを抱いて、路傍で寝ころがっている女や、死んだ母親の乳房にすがりついている嬰児もあった。子どもが泣き声を出すと米軍に所在を知られるからと、自分の手で嬰児を絞め殺させられた母親もあった。

こうして、軍と住民がまじりあいながら、摩文仁岬に追いつめられ、そこで数えきれぬほどの男女が死んで行った。あまりに悲惨な負傷者の現実に、美しく死にたいとのみ思った真一は、無残な死者たちにかこまれ、死に無感覚になっての生き延びた。

自分の生まれ育った郷土が戦場になるとはどういうことか、軍は住民を守るのか。この作品は強くそれを訴えている。

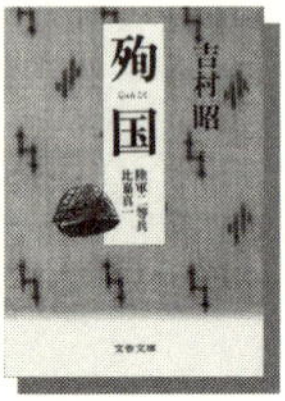

一九二七年（昭和二）―二〇〇六年（平成一八）。東京・日暮里生まれ。学習院大学文政学部中退。一九六六年「星への旅」で太宰治賞受賞。「戦艦武蔵」により、記録文学としての作家的地位をえた。「関東大震災」などにより菊池寛賞を受賞した。周到な取材と、綿密な構成による記録文学、歴史文学の作品を残した。主な作品に「ふぉん・しいほるとの娘」「冷たい夏、熱い夏」「破獄」「天狗争乱」などがある。

「殉国」は、『展望』（筑摩書房）、一九六七年一〇、一一月号に発表。文春文庫などに収録。

坂口安吾「白痴」

戦争の驚くべき破壊力や空間の変転性という奴はたった一日が何百年の変化を起し、一週間前の出来事が数年前の出来事に思われ、一年前の出来事などは記憶の最もどん底の下積の底へ隔てられていた。

一九四九年七月、サイパンが玉砕すると、アメリカ空軍の本土爆撃が切迫したものになり、工場疎開、建物疎開、学童疎開が強行された。指定地域の住民は強制的に立ち退かされ，家屋はとりこわされ、都市の景観は急激に変わった。さらに空襲で東京全域が見渡す限りの焼け野原に変わって行った。

一一月からは米軍の爆撃がはじまった。この小説の舞台である大田区周辺の工場地帯は爆撃の対象となり、白昼二時間にわたり、伊沢の家から四五百米離れた地区が集中的に爆撃された。

「地軸もろとも家はゆれ、爆撃の音と同時に呼吸も思念も中絶する」「ズドズドドと爆発の音が近づく時の絶望的な恐怖ときては額面通りに生きた心持がないのである」

伊沢は爆撃直後の町を歩き、「なぎ倒された民家の間で吹きとばされた女の脚も、腸《はらわた》のとびだした女の腹も、ねじきれた女の首も」見た。

しかし、住民の被害は焼夷弾攻撃の方がはるかに大きかった。三月一〇日の東京大空襲は、非戦闘員である住民を無差別に焼き殺すジェノサイド爆撃だった。三〇〇機のB29が東京の下町に一六六五トンの焼夷弾を投下し、死者は約一〇万人に達したという。

伊沢は焼跡を歩き、多数の焼死体を見た。「人間が焼鳥と同じようにあっちこっちに死んでいる。ひとかたまりに死んでいる。」あまりに大量の焼死体に伊沢の感情は麻痺してしまった。

そして、四月一五日が来た。その二日前の一三日に、東京では二度目の夜間空襲があり、池袋だの巣鴨だの山手方面に被害があったばかりだったから、「この日がその日になろうとは伊沢は予想していなかった」が、空襲警報が出るとすぐ、高射砲が鳴りはじめ、入りみだれる〈照空燈〉に米機がぽっかり浮いて見えた。

「つづいて一機、また一機、ふと目を下方へおろしたら、もう駅前の方角が火の海になっていた」

三月一〇日の空襲の経験から、住民はいちはやく避難をはじめた。「岩を洗う怒濤の無限の音のような、屋根を打つ高射砲の無数の破片の無限落下の音のような、休止と高低の何もないザアザアという無気味な音が無限に連続している」それが群をなして避難する人たちの足音だった。この「奇怪な音の無限の流れ」には「奇妙な命がこもっていた」。

伊沢はふとしたことからいっしょに暮らすことになった〈白痴〉の女をかばって、猛火に追われ、死体を踏み越えて、「火の海」を逃げのびていった。

伊沢は戦争末期の日本の腐敗と暗黒をつよく感じていた。文化映画会社に勤めていたが、時代の流れに身をまかせ、ありきたりの表現で戦争を美化する国策映画をつくることだけで、なんの感動もない会社の現状は耐えがたかった。しかし、二百円の月給のために、会社をやめることができない。

伊沢には空襲がその死んだような生活を破壊するように思えた。腐敗した日本を焼き尽くす猛火をくぐりぬけて行くことに、伊沢は新鮮な情熱を感じ、新しい生活のはじまりを感じた。

一九〇六年（明治三九）―一九五五年（昭和三〇）。新潟市生まれ。県立新潟中学を中退したのち、上京し東洋大学印度哲学科に学ぶ。一九三一年（昭和六）、「風博士」「黒谷村」などが、牧野信一に激賞され、新進作家として認められた。戦後、「堕落論」「白痴」などで文壇の寵児となる。無頼派、新戯作派と呼ばれた。
「白痴」は、一九四六年（昭和二一）に『新潮』に掲載された。新潮文庫、角川文庫、講談社文芸文庫などに収録。

野坂昭如「火垂るの墓」

白い骨は清太の妹、節子、八月二十二日西宮満地谷横穴防空壕の中で死に、死病の名は急性腸炎とされたが、実は四歳にして足腰立たぬまま、眠るようにみまかったので、兄と同じ栄養失調による衰弱死。

節子の死後、壕を出て、国電三宮駅構内に住みついた兄の清太は、やがて腰が抜け、便所に這いずる力もなくなり、昭和二〇年九月二一日の深夜、「戦災孤児等保護対策要綱」が決定された翌日、くの字に横倒しになって息絶えた。

兄妹は六月五日の神戸空襲で家を焼かれたのであった。三月一七日、五月一一日につづき、今度は昼間の空襲で、中学三年の清太は、勤労動員で通っていた神戸製鋼所が節電日で自宅待機中だった。

裏庭の家庭菜園の中に掘った穴に瀬戸火鉢を埋め、米、卵、大豆その他貴重な食料品をおさめて土をかけ、心臓病の母はひと足先に、町内会で設置したコンクリートで固めた防空壕に避難させた。自分は節子を背負い、海軍大尉で、巡洋艦に乗り組んだまま音信《たより》のない父の写真を胸に入れ、洋服箪笥の父の私服をリュックにつめていると、防空監視哨の鐘が鳴り、玄関にとび出る間もなく落下音に包まれた。

径五センチ、長さ六〇センチの青色の焼夷弾が屋根から転げ落ち、尺取り虫のように道をとびはねて油脂をまき散らした。やがていっせいにあたり一面燃え出して、視界は暗くなり、大気は熱せられた。

道はすでに避難の人でごったがえしていた。大八車をひいた人や布団包みをかついだ男、金切り声を上げて人を呼ぶ老婆、そして火の粉が流れ、落下音に包まれる。

避難場所の国民学校で、火傷した母にめぐりあうが、二日目に母は死んだ。母のまわりで多くの人が死んだ。死体からは蛆虫がころげおち、死体のおかれた工作室には幾百、千という蛆虫がはいまわっていた。

径一〇メートルほどの穴に、建物疎開の棟木、柱、障子、襖が乱雑に積まれ、その上に死体を置き、重油をかけて火をつけると、黒煙をあげて燃えさかった。火のついたままころげおちる死体は、鳶口でひっかけて火中にもどした。

荷物をあずけた遠縁の家に一時寄寓するが、食糧問題その他のごたごたで、兄妹はその家を出て、焼跡の横穴壕で暮らした。母の着物を食糧にかえ、枯木をひろって米を炊き、塩気が足りぬと海水を汲んで、夜は蛍の光をなぐさめに、おさない二人はひしと抱き合って暮らしたが、清太は両手の指の間に湿疹ができ、節子もやせ衰えていった。

母の着物も底をつくと、農家の芋畠をあらし、砂糖きびをひっこぬいて、その汁を節子に飲ませたりするようになり、農夫にみつかってひどい目にあわされた。それでも、空襲警報が出たときに、退避して留守になった家に忍び込んで衣類を盗み、それを食糧にかえるなどして命をつながなければならなかった。

節子は下痢がとまらず、骨と皮にやせ衰えて、ついに死んだ。終戦から一週間目だった。火葬場は満員で断られた。大豆の殻を敷き、枯木をならべ、特配を受けた木炭をぶちまけた上に亡骸を入れた行李をのせて火をつけ、清太は一人で節子を火葬した。丘から見下ろせば、灯火管制がとけて、かつて訪れたことのある街は幸せだった昔のままに見渡せた。

節子の骨のかけらを拾い集めた清太は、壕を出て三宮駅構内に住みつき、賑わいをとりもどす闇市の様子を目にしながら、野垂れ死にしたのである。

一九三〇年（昭和五）―二〇一五年（平成二七）。神奈川県鎌倉市生まれ。早稲田大学仏文科中退。コント作家、CMソング作詞家を経て、作家活動に入る。一九六七年に「火垂るの墓」「アメリカひじき」で直木賞受賞。「焼跡闇市派」を名乗る。他に歌手やタレントとしても活動。一九八三年には参議院議員に当選する。著書に「エロ事師たち」「同心円」などがある。

「火垂るの墓」は、一九六七年に『オール讀物』に発表された。新潮文庫『アメリカひじき・火垂るの墓』などに収録。

高井有一「少年たちの戦場」

先生方、お父さま、お母さま、私たちは空襲が怖いから逃げ出すのではありません。(中略)疎開した上は、淋しくてもくじけません。悲しくても泣きません。どんなに苦しくても、戦場の勇士のつもりで頑張ります。そして、お父さまやお母さまに決して御心配をかけない立派な日本の少国民になることをお誓い致します。

氷川たちが集団疎開に出発するとき、六年生の剣持が読んだ誓詞は主事が書いたものだった。

一九四四年七月、サイパンの日本軍が玉砕し、本土が米軍の爆撃圏内に入ると、学童疎開が促進された。〈縁故疎開〉を原則としたが、それが不可能な国民学校初等科三~六学年の児童を半強制的に〈集団疎開〉させた。

東京西郊の鷹杜《たかもり》学園は豊かな家庭の子弟をあずかる私立校だったが、九月末に第一次集団疎開を行った。親たちが子どもを手元から離したがらなかった氷川泰輔たちも、学校の校庭に爆弾がおちるなどして、四五年一月、第二次として出発した。

甘やかされて育った子どもたちが父母の手から引き離され、東京から五〇キロの村の月船寺という寺できびしい集団生活をつづけた。歴代天皇の名を唱え、「天皇陛下の御稜威《みいつ》を仰ぎ、心を練り、体を鍛え、よい日本国民になります」という「誓いの言葉」を唱えて一日の日課がはじまる生活だった。

「私たち日本の少国民は、戦場の勇士とともに、天皇陛下の御事業の万分の一でもお役に立つように努めます。頂きます」と「食前の誓」をとなえ、食後には「お父さん、お母さん、戦地の兵隊さん、お百姓さん、御馳走さま」ととなえた。すべて、大人たちがこしらえあげた型にはめこめられ、幼い子どもたちの自然な感情は無視された。

米軍は硫黄島に上陸し、やがて沖縄から本土に迫ろうとしていた。「アメリカ人をぶち殺せ」と叫ぶのが日課になったが、三月一〇日の東京大空襲まで、子どもたちには戦争の実感はなかったのである。

その夜、東京の空が真っ赤に燃え上がるのが見えた。三つ池はただ一人東京で暮らす母を心配した。父親が教師で学校の疎開に行っていたのである。

四月一三日の空襲で湯浅の家が焼かれ、空襲による混乱で父兄の斡旋で食糧を手に入れることが困難になった。不安と飢えに苦しむ子どもたちの心は荒れ、異常な行動が頻発するようになった。湯浅は友だちに乱暴し、摘み集めた土筆《つくし》を放り投げたりした。

五月二五日の空襲では氷川の家が焼かれたという知らせがあった。三つ池は一人で暮らす母が死んだのではないかと心配した。二人はそれほどの考えもないままに、ふらふらと月船寺から逃げ出して、森の中に迷いこんだ。

村人に保護された三つ池は、担任教師の五代に「先生は嘘つきです」と言う。「家には、本当の事は何にも教えちゃいけないんでしょう。虱が湧いたのも、ご飯が足りないのも、全部隠しちゃって、家へは元気にしてるとしか書いちゃいけないんでしょう。それで欺されて、母さん、歓んでるんです。」そんな嘘は厭だ。「だから母さんの所へ行って、本当の事を言ってやろうと思ったんだ」と言って、三つ池は哭《な》いた。

これに反して氷川は「何をしても駄目なんだ、望み通りに行く事なんか、何一つとしてありはしないんだ」と思った。「閉じこめられた生活が、一二歳にはふさわしくない感情を、彼に教えた」のであった。

一九三二年（昭和七）―二〇一六年（平成二八）。早稲田大学英文科卒。共同通信社の記者の傍ら、作家活動に入る。一九六六年「北の河」で芥川賞受賞。主な作品に、「夢の碑」「真実の学校」「この国の空」「夜の蟻」「立原正秋」「高らかな挽歌」「時の潮」などがある。

「少年たちの戦場」は、一九六八年『文学界』に発表された。講談社文芸文庫などに収録。

宮本百合子「獄中への手紙」

未来の大芸術家は、記念すべき時代の実に高貴な人間歓喜をどう表現するだろうか、(中略)ミケランジェロが彼の雄大さで表現し得なかった歓喜が現代にあるということは、紙さえ無垢な心におどろくでしょう

一九四五年の五月、東京の町々は空襲が相次ぎ、夫の宮本顕治がいた巣鴨拘置所は焼け残ったが、周辺はすべて焼け野原になった。空襲がはじまると、他の被告の監房の鎖ははずされたが、治安維持法被告の非転向者の監房の戸はかたく外から鍵をかけられた。自筆年譜にも百合子は〈私は宮本が「爆死」しなかったことを喜んだ〉と書いている。

一九三三年一二月に検挙された顕治は、四四年一二月の一審判決で無期懲役を宣告され、四五年五月四日に大審院上告が却下されて刑が確定した。無期徒刑囚として網走刑務所に移送されたのは六月一六日のことである。

この時期に〈現代の歓喜〉とはどういうことか。百合子は日本の敗北が近いことを確信

していた。五月二日にベルリンが陥落し、ドイツは無条件降伏した。百合子は年譜に〈日本のどんなに多くの人間がそのころ胸をとどろかせて朝々の新聞を拡げたろう〉と書いている。

百合子は顕治が網走に移送される前に、一度だけ面会を許された。「播州平野」はその時のことを、重吉は「いがぐり頭になって、瓦礫色の獄衣を着て、それでも歴史の前途はいとど明るし、という眼色」で、「まあ半年か、長くて一〇ヵ月の疎開だね」と云って笑ったと書いている。

獄中にあって制限された情報しか得られないにもかかわらず、顕治は戦局の推移を正確に把握し、敗戦と解放が目前に迫っていることを疑っていなかったのである。

結婚して間もなく文化団体に対する大弾圧があり、百合子も駒込署に検挙されたが、顕治は非合法生活にはいり、やがて検挙されて、一二年の獄中生活を送った。二人の間には普通の意味での夫婦としての生活はほとんどなかった。しかし、百合子は九百通にもおよぶ手紙を獄中に書き送り、それに自分のすべてを注ぎこんだ。

百合子は顕治の法廷闘争を助けるために尽力したが、同時に獄中の夫の不屈のたたかいに励まされて困難な時代を生きた。顕治の法廷での陳述について、〈わたしというものがめぐり合っている人間的、文学的発展を実現した。冒頭の手紙に書かれたのは、戦争の時代をこのように生きることのできた〈歓喜〉であったろう。実に〈愛情は変通自在〉（「播州平野」）だった。

終戦の日の翌日に網走に宛てて書いた手紙に、この五年の間に健康をうしない、勉強もしかねるあわただしい日々を送ったが、〈それでも作家として一点愧《は》じざる生活を過したことを感謝いたします〉と書き、〈そういう安定の礎が与えられるほど無垢な生活が傍らにあったことをありがたいと思います〉と述べている。

宮本夫妻の往復書簡は、戦争の時代が生んだもっとも美しい愛と知性の結晶としていまも輝き、私たちに希望と勇気を与えつづけている。

『宮本百合子　全集　第二一〜二五巻』（二〇〇三年、新日本出版社）、宮本夫妻の往復書簡は『十二年の手紙』（新日本文庫など）も。

梅崎春生「桜島」

このまま此の島で、此処にいる虫のような男達と一緒に、捨てられた猫のように死んで行く。それではあまりにも惨めではないか。生まれて以来、幸福らしい幸福にも恵まれず、営々として一所懸命何かを積み重ねて来たのだが、それも何もかも泥土にうずめてしまう。しかしそれでいいじゃないか。それで悪いのか。

梅崎春生は一九四四年六月、二九歳で海軍に召集された。将校になる予備学生を忌避して、兵隊の身分にとどまった。その後、下士官候補の速成教育を受けて、一九四五年五月通信科二等兵曹になり、鹿児島県坊津《ぼうのつ》に派遣された。

坊津は水上特攻隊震洋艇の基地だったが、通信隊の仕事はほとんどなかった。〈目に見えぬ何ものかが次第に幅を狭《せば》めて身体を緊《し》めつけて来る〉のを痛いほど感じながら〈歯ぎしりするような気持で、私は連日遊び呆《ほ》うけた〉と、梅崎は「桜島」に書いている。

七月初めにこの坊津から桜島に転勤を命じられ、戦争末期の軍隊生活を送った。「桜島」

はこの体験にもとづき、死に向かって生きる〈私〉の心と、その目に映る軍隊の断末魔の様相を描いた戦後の作品である。

桜島に向かって出発し、峠から眺めた〈生涯再びは見る事もない〉坊津の風景はおそろしいほど新鮮であった。〈何故このように風景が活き活きしているのであろう〉と梅崎は書いている。

沖縄は玉砕した。本土は連日の空襲で焦土と化し、桜島の基地にも連日グラマンが来襲した。本土決戦は目前に迫っていた。〈小銃すら持たない部隊員たち〉は、その時、どのように戦うのだろうか。

静かな鹿児島湾の上空を、古ぼけた練習機が、極度にのろい速力で、空を這っているように飛んでいた。この練習機が特攻隊に使用されているのであった。〈私〉は目を閉じたかったが、目を外らせることができなかった。〈私〉はその機に搭乗している若い兵士のことを想像せずにはいられないのである。

坊津で見た水上特攻隊員は皮膚のざらざらした、荒んだ表情の若者たちで、その一人は〈何か猥雑な調子で〉流行歌を甲高い声で歌っていた。その時胸に湧き上がった〈悲しみとも憤りともつかぬ感情〉はながく心に残った。

桜島の通信隊は少年兵が大部分で、一五歳の少年もいた。彼等は敵の上陸が目前に迫っているのに、何箇月かかるかわからない壕つくりの作業に駆り立てたられ、苛酷な制裁を受けていた。そして、何の疑いもなく日本は勝つと思うと言うのである。

彼らを絶望的な苦役に駆り立てているのは吉良兵曹長だった。志願して海軍にはいり、海軍を〈唯一の世界〉として生きてきた吉良の挙動は、戦局がおしつまるにつれて異常さを増し、酔って日本刀をふりまわしたりした。

敵が上陸したら〈此の軍刀で、卑怯未練な奴をひとりひとり切って廻る〉と言う吉良は〈終戦の詔勅〉に、軍刀を抜き放ち、じっと刀身を見つめた。〈飢えた野獣のような眼にこの世のものでない狂暴な意志を私は見た〉が、やがて刀身をさやにおさめ、詳細を知るために〈私〉とともに暗号室に急いだ。

その時、崖の上に見えた落日に染められた桜島岳は〈天上の美しさ〉であった。

一九一五年（大正四）—一九六五年（昭和四〇）。福岡市生まれ。東京帝大国文科卒。戦争末期に海軍の召集を受け、暗号特技兵として九州の基地を転々とする。戦後、この時の体験をもとに、一九四六年（昭和二一）「桜島」を発表。戦後文学の書き手として注目を集める。代表作に、「日の果て」「B島風物誌」などの戦争小説、直木賞受賞作「ボロ家の春秋」、「狂い凧」、遺作「幻化」などがある。

「桜島」は、一九四六年（昭和二一）『素直』に発表。講談社文芸文庫などに収録。

原 民喜 「夏の花」

ギラギラノ破片ヤ
灰白色ノ燃エガラガ
ヒロビロトシタ　パノラマノヨウニ
アカクヤケタダレタ　ニンゲンノ死体ノキミョウナリズム
スベテアッタコトカ　アリエタコトナノカ
パット剥ギトッテシマッタ　アトノセカイ

「私」は八月四日に花を買って妻の墓を訪れた。一五日が初盆なのだが、それまでこの街が無事かどうか疑わしかった。そして、その翌々日、原子爆弾に襲われた。「私は厠《かわや》にいたため一命を拾った」と民喜は書いている。突然、頭上に一撃が加えられ、眼の前に暗闇がすべり墜ちた。何が起ったのかわからなかった。「厭な夢のなかの出来事」に似ていた。また、「惨劇の舞台の中に立っているような気持」だった。

次第に現実感を回復し、まわりを見まわすと、建具も畳も散乱した家は、柱と閾《しきい》ばかりがはっきりと現れ、「奇異な沈黙」をつづけていた。

縁側から見渡せば、一めんに崩れ落ちた家屋の塊りがあり、やや彼方の鉄筋コンクリートの建物が残っているほか、目標になるものもなかった。

崩壊した家屋の上を乗越えて道路に出ると、泣きながら歩いて来る「顔を血だらけにした女」や「家が焼ける、家が焼ける」と子どものように泣き喚いている老女と出逢った。

滝木の側にだらりと豊かな肢体を投出してうずくまっている中年の婦人は、魂の抜けはてた、生まれてはじめて見る奇怪な顔だったが、「それよりもっと奇怪な顔に、その後私はかぎりなく出喰わさねばならなかった」のであった。

川岸まで来ると、向岸も見渡すかぎり建物は崩れ、電柱の残っているほか、一面に火の手がまわっていた。遂に来たるべきものが、来たのだという思いがあった。

ただ、妻一人を支えに戦争の暗い時代を生きてきたのであった。妻を失ってからは、ひたすら死を思いつづけた。しかし、いま、自分が生きながらえていることを強く感じ、「このことを書きのこさねばならない」という思いがつきあげて来た。

けれども、その時はまだ、「この空襲の真相をほとんど知ってはいなかった」のである。原爆という言葉も知らなかった。すべてはこれまで経験したことのない、現実とは思えない現実だった。一瞬にして変貌した想像を絶する世界、民喜はこの世界を一切の情緒的表現を排して、できる限り正確に記録しようとした。

「ギラギラと炎天の下に横わっている銀色の虚無のひろがりの中に、路があり、川があり、橋があった、そして、赤むけの膨れ上った屍体がところどころに配置されていた。」

眼前の世界は「精密巧緻な方法で実現された新地獄」であり、「すべて人間的なものは抹殺され」ていた。「屍体の表情」にしても、何か模型的な機械的なものにおきかえられていた。

生きて動いている人間が、突然にその生の営みを切断されたのである。「苦悶の一瞬足掻いて硬直したらしい肢体は一種の妖しいリズムを含んで」いた。

この超現実的世界はこれまでの言葉では表現できなかった。「片仮名で描きなぐる方が応《ふさ》わしい」と思われた。冒頭にかかげた詩はこうして書かれたのである。

被爆直後に書かれたこの作品は、GHQの検閲のために発表がおくれ、一九四七年になって『三田文学』（六月号）に発表された。

一九〇五年（明治三八）―一九五一年（昭和二六）。広島市生まれ。慶應義塾大学文学部英文科卒。学生時代に左翼運動に関わる。千葉県で英語教師をつとめる。一九四五年、空襲を避けるため広島に疎開したが、原子爆弾投下に遭遇する。戦後、上京し、広島の被爆体験を題材にした作品を発表した。一九五一年、朝鮮戦争での原爆使用が危惧される中、鉄道自殺を遂げた。代表作に、「夏の花」「廃墟から」「壊滅の序曲」など。「夏の花」は、一九四七年（昭和二二）、『三田文学』に発表された。新潮文庫、岩波文庫、集英社文庫などに収録。

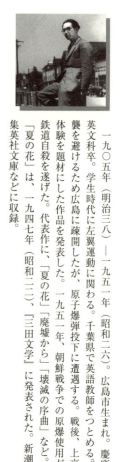

宮本百合子「播州平野」

久しぶりの明るさは、わが家の在り古した隅々を目新しく生き返らせたが、同時に、その明るさは、幾百万の家々で、もう決して還って来ることのない一員が在ることを、どんなにくっきりと、炉ばたの座に照らし出したことだろう。強い光がパッと板の間を走ったとき、ひろ子はよろこびとともにそのことを思いやって鋭い悲哀を感じた。

ひろ子は福島の弟の家で終戦を迎えた。政治犯として獄中にある夫重吉は、六月に無期懲役の判決が出て、網走の刑務所に移送されたばかりである。ひろ子は夫のいる網走で暮そうと思いたって、この東北の町まで来たが、空襲で連絡船に乗れず、足止めを食っていたのだった。「まあ半年か、長くて一〇ヵ月の疎開だね」と重吉は笑ったが、八月一五日の正午、「歴史はその巨大な頁を音なくめくった」のであった。それはひろ子個人にとっても苦しかった「ひどい歴史の悶絶」の瞬間だった。戦争がおわってはじめて迎える明るい夜は、二度と還らぬ夫や息子を思う女たちの悲しみをいっそう切ないものにしたであろう。いまなお牢獄にある夫を全身の感覚で思うひろ子は、いっそうつらくその日本の女たちの悲しみを思った。

ひろ子は網走まで行って出所する夫を迎えたいと思う。しかし、重吉の母から、広島で重吉の弟が行方不明になったという報せが来た。ひろ子は迷ったが、重吉もそれを望むと思い、本州の西端の山口県に向かって旅立って行く。

上野に向かう列車の言語に絶する混雑は、まさに潰走列車であり、敗戦日本の混乱を象徴していた。東海道本線は沿線の町々がどこも廃墟と化していた。

乗り合わせた満州で片脚を失った青年は、これからの社会生活と家庭生活の不安を語り、国体論などは隠しておかなければならないかと尋ねた。ひろ子は卑屈になった敗戦日本の青年に、「剛毅を、剛毅を」と心のなかで呼びかけないではいられなかった。

故郷の石田の家は重吉を治安維持法で奪われ、次弟は広島で亡くなり、三弟は濠北で生死がわからなかった。夫を失った次弟の妻つや子は我をうしない、一家は混乱し、破綻していた。石田の家のあたりは女ばかりが残された家がかたまっていて、「後家町」と呼ばれた。戦争の災禍は、焦土と化した町々の家財を焼かれた人々の損傷の深さにばかりあるのではなかった。戦争の真の恨みは、「国体論はかくした方がいいでしょうかと不安げに訊いた片脚の白衣の人の瞳の底にあった。そして、『後家町』の、ここにある。日本じゅう、幾一〇万ヵ所かにできた『後家町』の、無言の日々の破綻のうちにある」とひろ子は思う。「戦争犯罪人」という言葉を知ったとき、ひろ子は日本の全土にひろがるこの「戦争の災禍」を思って涙を流し、「戦争犯罪人」の処罰を強く求めた。

夫を戦場に連れ去られた日本の無数の妻たちと、夫を牢獄に奪われた思想犯の妻の間に、宮本百合子は共通するものを見出し、戦争の犠牲となった日本の女たちの苦しみと悲しみを広く深く描き出した。しかし、重吉は解放される。そのことを知ってひろ子は、洪水で鉄道が不通になった播州平野を、苦労しながら一歩一歩、歩いて東京に向かう。そこには、あらゆる苦難のなかで、一歩一歩前進する日本の解放運動の姿があった。

「播州平野」は、戦後新しく出発した『新日本文学』に創刊号の一九四六年三月から翌年一月まで連載された。戦後の出発を記念する作品である。

「播州平野」は一九四六年三月から四七年一月まで「新日本文学」に発表された。『宮本百合子名作ライブラリー播州平野・風知草』（新日本出版社）などに収録。

その子供の顔は入って来た時、一寸見たが、眼をつぶり、口はだらしなく開けたまま、上体を前後に大きく揺っていた。それは揺っているのではなく、身体が前に倒れる、それを起す、又倒れる、それを繰返しているのだ。居眠りにしては連続的なのが不気味に感じられた。

志賀直哉「灰色の月」

「灰色の月」は『世界』創刊号（一九四六年一月）に発表された。志賀直哉の戦後第一作である。

一九四五年一〇月一六日、直哉は丸の内会館の会合からの帰り、東京から渋谷までの山手線の車中で、餓死寸前の少年と隣り合わせになった。「灰色の月」はこの経験を書いたわずか六、七枚の短編だが、廃墟と化した敗戦直後の暗い現実を鮮明に描き出している。

東京駅は屋根がなくなり、薄曇りの空から灰色の月が日本橋側の焼跡をぼんやり照らしているのが見えた。八時半ごろだが、人が少く、広い歩廊が一層広く感じられた。当時はこの時間になると、もう出歩く人は少なかったのである。

電車もそれほど混んでいなかった。「私」は反対側の入り口近くに腰かけることができたが、少年はその隣に、座席の端の袖板がこわれてなくなっているので、私の方を背にし、入口の方へ真横を向いて腰かけていたが、体をまっすぐに支えていることができなくて、ふらふら体をゆすっていた。

一七、八歳の少年を子どもと言い、その様子から少年工と書いている。同じ年ごろの子どもがいたのでそう書いたのだと思うが、その幼さに対する痛々しい思いがにじみ出ている。

「地の悪い工員服の肩は破れ、裏から手拭《てぬぐい》で継が当ててある。後前に被った戦闘帽の庇《ひさし》の下のよごれた細い首筋が淋しかった。」

五〇近いモンペ姿の女や、四〇くらいのリュックを背負った男、特別大きなリュックサックを持ち込んだ二五、六の血色のいい丸顔の男など、さまざまな乗客がいた。

会社員らしい男たちの一人が、「まあ、なんて面をしてやがんだ」と言った。連れの皆も一緒に笑い出したが、丸顔の若者が指先で自分の胃の所を叩きながら、「一歩手前ですよ」と小声で云うと、皆は急に黙ってしまった。

少年は身体をゆすらなくなり、窓と入口の間にある一尺ほどの板張にしきりに顔を擦りつけていたが、「その様子がいかにも子どもらしく、ぼんやりした頭で板張を誰かに仮想し、甘えているのだというふうに」思われた。

少年は池袋から乗って、上野に行くつもりだと言うが、すでに上野を通り越して山手線をひと回りしているのだった。それを指摘されると、少年は硝子に額をつけ、窓外を見ようとしたが、直ぐやめて、漸く聴きとれる低い声で、「どうでも、かまわねえや」と云った。「少年工のこの独語は後まで私の心に残った」と作者は書いている。少年が地方出身の産業戦士だったのなら、とっくに帰郷しているはずである。工場も焼け、家も焼け、両親も失って住む家もないのであろう。上野は〈浮浪児〉が集まるところだった。しかし、彼にとっては、もう何もかもどうでもかまわないのであろう。

「私」はこの少年のために何かしてやりたいと思うが、どうすることもできず「暗澹たる気持のまま渋谷駅で電車を降りた」のである。

作者はこの作品の末尾に「昭和二〇年一〇月一六日の事である」と書き記した。後世の読者に敗戦直後の事実としていつまでも記憶してほしかったのだと思う。

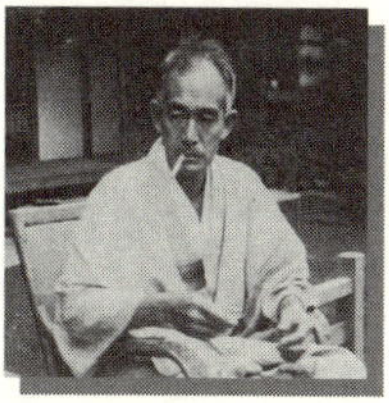

一八八三年（明治一六）―一九七一年（昭和四六）。宮城県生まれ。学習院を経て東京帝大に進んだが中退。一九一〇年（明治四三）武者小路実篤らと同人誌『白樺』を創刊する。父親との不和をを描いた作品に「大津順吉」がある。多くのすぐれた短編小説を書き、のちに「小説の神様」と称せられた。代表作に「清兵衛と瓢箪」「城の崎にて」「和解」「小僧の神様」などの短編と、長編「暗夜行路」がある。

「灰色の月」は、一九四六年（昭和二一）『世界』に発表された。新潮文庫『灰色の月・万暦赤絵』などに収録。

徳永　直「妻よねむれ」

トシヲ、お前はまぎれもなく戦死だ。この戦争で、アメリカ兵や支那兵とたたかったわけでもないのに、何万、何十万と死んでいった人間の一人だ。亭主を戦場におくり、徴用される子供を工場におくり、家族の飢えをささえるために、まずおのれが飢えて、この戦争の下敷きとなって死んでいった、たくさんの女房たちの一人だ。

「妻よねむれ」は宮本百合子の「播州平野」とならんで、『新日本文学』に創刊号（一九四六年三月）から、四八年九月号まで連載された。

死んだ妻に〈お前〉とよびかけ、〈おれ〉と〈お前〉を主語にして、その生涯を深い思いを込めて語ったこの作品は、大正から昭和にかけて、特に戦争の時代の、日本人の生活の苛酷な現実を浮かび上がらせている。

丈夫で、結婚以来一九年間、一日も寝込んだことのなかった〈お前〉は、四三年九月二〇日、不意にわき腹の痛みを訴えた。それから二二ヵ月のあいだ、病気とたたかいつづけ、苦しい日々を送って、四五年六月三日の朝、四人の子どもを残して世を去った。

戦争末期、物資の欠乏が日に日に深刻になり、やがて空襲に脅かされる日々の闘病生活だった。

「ああ、豚肉が食べてみたい」「サツマいもないかしら」と言う〈お前〉だったが、四四年の末には、鶏一羽が五〇円、卵一粒が一円五〇銭、サツマいも一貫目が一〇円という高値で、それを手に入れるのは容易ではなかった。四五年になると、もう、どうすることもできなかった。

「戦争さえすんだら——」と言い暮らしたが、その日を待たずに〈お前〉は死んだ。そして七月二〇日には、〈おれ〉は四九日もたたない骨壺を子どもたちのリュックにしょわせて、〈お前〉の生まれ故郷のT町へ疎開していった。

生まれ故郷といっても、親類も縁者もなかった。〈お前〉にとっても辛い思い出ばかりで、結婚以来、祖母が亡くなったとき一度帰ったきりの故郷だった。その〈お前〉の故郷に疎開して行ったのは、「おれはT町へゆけば、お前がそこへまだ生きてるような気がしていたから」だった。

七歳で製糸女工だった母に死なれ、祖母の手で育てられたが、九歳から一三歳まで足掛け五年、乾物問屋に奉公に行き、辛い日々を送った。その後、母の死んだ製糸工場で働き、頭髪が枠の心棒にまきあげられて死にそこねる事故にあった。

　一九二〇年、東京にとび出し、看護婦になった。東京に出て、自分で働いて自分の力で生きるという自信をもったが、関東大震災で故郷に帰らなければならなかった。〈おれ〉と結婚したのは、東京で暮らせるということだけのためだった。そして、東京では大変な生活が待っていた。結婚早々大争議に巻き込まれ、特高に追いまわされる生活がつづいた。戦争の時代は、特高や憲兵と切っても切れない関係のくらい日々だった。

　しかし、戦争は終った。特高も憲兵も解散させられた。その明るい戦後の光のなかで、くらい時代を生きた〈お前〉の生涯が、いっそう心に沁みて思われる。

「お前はくらがりのなかで生きてきた。死ななかったから生きていた、というような生涯を生きてきた」「金ピカとサーベルが、永久不変のものではないということをよくは知らずに死んでゆく」

　戦争の犠牲になって死んで行った多くの妻たちの一人として、その生涯をたどりながら、作者の心は悔恨にくれ、熱く燃え、はげしく揺れ動くのである。

一八九九年（明治三二）―一九五八年（昭和三三）。熊本県花園村生まれ。小学校中退後、種々の職に就く。労働運動に参加するようになり、上京し、博文館印刷所（のちの共同印刷）に勤務。このころから小説を書き始める。共同印刷争議をにかかわり、その時の体験をもとに「太陽のない街」を「戦旗」に発表し、プロレタリア作家としての地位をえた。戦後は、新日本文学会に参加し、「静かなる山々」などの作品を発表した。他に、「はたらく一家」「八年制」「日本人サトウ」などがある。
「妻よねむれ」は、一九四六年から一九四八年にかけて『新日本文学』に断続的に発表された。新日本文庫『妻よねむれ・日本人サトウ』などに収録。

石川　淳「黄金伝説」

この横浜の一ところ、年のくれに迫って建てた小さいバラック店の中では、どの客もみな洞窟の壁にうつる影法師のようにふらふらとはいって来て、平べったくかたまりながら、顔かたちも見分けられず、音も立てず、めいめい口を動かしている。わたしもまたその影法師のひとつで、たばこに火をつけながら片隅のあやしげな腰掛の上に休んだ。

「黄金伝説」は戦後のもっともはやい時期、一九四六年三月の『新潮』に発表された。〈わたし〉は空襲で家を焼かれ、八月一五日の前後三四ヵ月のあいだ、北陸近畿四国にかけてあちこちかけまわって過ごした。八月一五日の放送は、列車のなかで人のうわさに聞いたが、その時、空襲で焼け出されたとき以来狂っていた懐中時計は止まってしまった。〈わたし〉はこの狂った時計を修理し、戦闘帽でないまともな帽子を求めるために、また、心に思う一人の女性を見つけるために、旅から旅をつづけたのだった。

この時計は単に時を刻む時計であるだけでなく、歴史をはかり、現実を認識する思想の基準のようなものをあらわしているが、いくら旅をしても求めるものは得られず、身についたものは、煤煙と虱ばかりで、東京に帰って来た〈わたし〉には深い疲労感があった。

この疲労感は「今日の世の中全体に圧しかぶさっているところの途方もない罪の観念」のためだった。この戦争の罪の意識からは、スネに傷を持つと否とにかかわらず、誰も逃れられないと〈わたし〉は思っていたが、東京に近い知人の家に落ちついて、熱い湯にはいり、虱と煤煙を洗い落とすと、三四ヵ月ぶりにさっぱりして、肩のしこりも軽くなったように思われた。

年も暮れようとするいまは健康状態もよくなって、時計も無茶に狂わなくなり、古本屋の町を歩いていて、鳥打ち帽も見つけた。そして、ふと横浜に本当のコーヒーを飲ませる店があると聞いて、無性にそれが飲みたくなり、この横浜のバラック店にきたのである。

この店で〈わたし〉は探し求めていた女性に出あう。彼女は友人の妻だった。やさしく上品な彼女は、夫を戦災でうしない、行方が知れなくなっていたのである。

しかし彼女はすっかり変わっていた。ラッキイ・ストライクを一本取り出してくわえる彼女のバッグには、たばこのほかチョコレートその他この国の産とは思われない品々がつまっていた。

住いを尋ねると、投げやりな調子でハマよと答えた。あたかもホンモクといったかのように、それが本牧の一部の特殊地帯を意味したかのように聞き取れ、〈わたし〉はどきりとしてわが眼、わが耳をうたがった。

彼女がなれなれしく〈わたし〉の腕をとって歩き出したとき、〈わたし〉の鳥打ち帽はぶざまにゆがみ、時計は止まってしまっていた。

しかし、桜木町の駅の近くで、突然彼女は〈わたし〉を突き放して、駆けだしていった。彼女は背の高い黒人兵士の厚い胸板のあたりにぴったり抱きついていて、〈わたし〉を振り返ってみようともしなかった。

〈わたし〉は死ぬほど恥ずかしくなって駅前の雑多な人々の渦のわきたっている広場の方にまっしぐらに駆けだした。その時、ゆがんだ鳥打ち帽はきちんと直り、ふところの時計はきもちよくかちかち鳴り出していた。

戦前とすっかり変わった占領下の日本の現実をしかと認識し、この現実と直面して生きる覚悟が生まれたのである。

一八九九年（明治三二）―一九八七年（昭和六二）。東京府浅草区生まれ。東京外国語学校仏語科卒。旧制福岡高等学校フランス語講師となるが、学生運動のあおりで退職し東京に戻る。翻訳に従事したが、三六年に、「普賢」により芥川賞を受賞する。戦時中は森鷗外や江戸文学の研究に専念する。戦後、太宰治、坂口安吾、織田作之助らとともに「無頼派」と呼ばれた。代表作に、「焼跡のイエス」「紫苑物語」「至福千年」「狂風記」など。

「黄金伝説」は、一九四六年に中央公論社より刊行。講談社文芸文庫『黄金伝説・雪のイヴ』に収録。

野間　宏「顔の中の赤い月」

「俺はもう手を離す。もうはなす。」中川二等兵のこの声で、北山年夫は戦友の体力が完全につきたことを感じた。この語尾の方が次第に細くなり、(中略) 何か自分自身に言いきかせているような、あるいは、人生の最後に、彼の意識が彼の全人生をかけめぐっていることを示すような哀れなその言葉は、北山年夫の心の底にとどいた。

北山たちはフィリピンの戦場で、五年兵の鞭の下で、飢えと疲労でふらふらしながら、馬の代りに砲車をひいて行軍していた。戦友の中川二等兵は魚屋だったが、ついに力尽きて、敗走する隊列から落伍した。中川は死によって過酷な軍隊のくびきを脱したのであった。しかし、北山は初年兵の苦しみをともにした中川のために何もしてやれなかった。自分の命を守るのがやっとで、励ましの言葉さえかけてやれなかった。

復員した北山は知人の会社に勤めたが、生活は極度に逼迫《ひっぱく》し、いつまで生きていられるかわからぬような惨憺たるものだった。

廃墟の闇市に米軍の残飯でつくったシチューを夢中で食べている兵隊服の青年がいる。それを見て、豚だ、豚だと思う。しかし、ふと戦場の記憶がよみがえる。戦場でわずかに残った水筒の水を奪い取った上等兵への憎しみ。食糧に執着した自分の心。いやだ、いやだと思う。

初年兵の彼にとっては、戦場の日々は敵に対する闘いではなかった。日本兵に対する闘いであった。そのみじめな日々の思いがよみがえる。

しかし、あの戦闘の場に置かれれば、やはりだれもが自分と同じように自分を守る以外はないだろう。食糧のためににらみ合うだろう。戦友を見殺しにするだろう。戦場の経験は人間に対する不信の感情を抜きがたいものにした。

夫を戦争でうしなった未亡人の堀川倉子に北山は心を惹かれる。彼女は夫を愛していて、その記憶に支えられて、苦しい戦後の日々を生き抜こうとしていた。

しかし、戦後の食糧難とインフレは、容赦なく人々の生活を破壊した。売り食いといっても、やがて売るものもなくなるだろう。女一人でこれからどうして生きていくことができるか。北山はなんとかしてやりたいと思う。彼女によって、自分をむしばむ人間不信の感情にうちかち、人間に対する愛と信頼を回復したいと思う。

北山は彼女の顔の向うには戦争のもたらした苦しみの一つがあると思った。彼はその苦しみの中にはいって行きたいと思う。自分のような人間にも、なおいくらかでも真実とまことが残っているならば、それを彼女の苦しみにふれさせたいと思う。そうして互いの真実を示し合うことができるなら、人生は新しい意味を持つだろう。

しかし、彼女を送って行く電車のなかで、彼女の顔に一つの小さな斑点を認め、それをみつめていると、次第に赤い大きな円い熱帯の月が彼女の顔の中に昇って来た。そして、熱病を病んだ黄色い兵隊たちの顔が見えてきて、「俺はもう歩けん」「俺はもう手を離す、手を離す」という中川の声が、ゴーという車両の響きのあいだから聞こえてきた。

彼女の下車駅が近づき、家まで送りとどけようかと迷うが《できない、できない。》と彼は思う。彼女は電車を降り、戸が閉まり、電車は動き出した。〈二人の生存の間を、透明な一枚のガラスが、無限の速度をもって、とおりすぎるのを彼は感じた。〉という言葉でこの作品は終わる。

一九四七年一二月の日付があるこの作品は、戦争直後の苦しい生活の現実と、消えることのない戦争の傷痕を象徴的手法で描き出して、ながく人々の記憶に残っている。

「顔の中の赤い月」は一九四七年『総合文化』に発表された。講談社文芸文庫『暗い絵・顔の中の赤い月』に収録。

武田泰淳　「蝮のすえ」

「俺は日本精神の演説をした。君が言うとおり、聴き飽きるほどした。人々はそれを信じて死んだ。俺の若い兄弟も死んだ。奴らは二度と生き返らん。都都的《トントンデ》生き返らんのだ……」（都都的は、みんな、すべてという意味の中国語）

「呼べど答えず……生き返りはせんさ。夢枕にもたたん。忘れられる。はじめは段々と、しまいにはキレイサッパリ、忘れられるんだ。そういう世の中を、君はどう思う。」

武田泰淳は戦争末期、上海で中日文化協会の仕事をしていて、戦後、引き揚げて間もなく、この作品を書いた。

軍の文化部の仕事をしていた辛島は日本精神なき者は売国奴だと演説し、人々を戦争にかりたてる仕事をした。いまはまだ拘束されていないが、やがて中国から戦犯として処罰されることになるだろう。

作中の「私」は、戦争中はいろいろ悩んだりしたが、戦後は上海で、中国政府の管理下におかれた日本人居留民の、次々に起こるトラブルを解決するのに必要な書類を中国語で書いてやり、その収入の多い仕事が忙しくて、悩んだりするひまはなかった。

「生きていくためには守護神が必要なのだ」と蔣主席夫妻の写真を買い、中国の巡警が見回りにきたときのためにノートの間にはさんでおいた「私」は、もはや理想もなく、信念もなく、只生存していたのである。Aに文化人倶楽部に誘われても、仕事が忙しいのを理由に出席しなかった。人民裁判の話にも興味がなかった。

しかし、代書の依頼人としてあらわれた女性の縁で戦時中軍の文化部の仕事をしていた辛島と関係をもつようになる。辛島は権力と暴力で、彼女を部下の夫から奪い、いまも彼女につきまとい、いっしょに逃げようなどと言っているのである。

辛島はAたち文化人を軽蔑していた。Aは日語新聞で辛島たちの戦争責任を追及する論説を書いているが、戦争中は米穀統制会で人民を苦しめる会社に使われていたのである。軍部を負かしたのは彼らではない。彼らは時代に動かされていて、時代を動かす力がない。中国政府は俺を罰することができるが、彼らにはできない。「永久に」できないと辛島は強調する。

日本精神の演説をした俺と、そんな俺の演説を信じて死んでしまった奴らと、Aのような奴、君のような奴、あの女のような奴、そんな奴等でできあがっているこの日本という奴はこれは一体何なのだ。

「俺を罰したところで、すまんよ、すみはせんよ。俺は又生まれかわってくる。多分は同じ日本人として生まれかわってくるんだからな」と辛島は言う。

日本の戦争は一部指導者の問題ではなくて、日本人全体の問題なのではないか。このままでは、いまは戦争反対の声が高くても、ふたたび、戦争勢力の復活を許すことになる。「私」は戦争中の「理想」も、戦後の「理想」も信じられない。しかし、「彼女」を脅かしつづける辛島をそのままにしておくことができなかった。事件にまきこまれた以上、事件から身を引くことはできない。「私」は辛島を殺そうとして斧を持って駈けだした。「自分がその位置に生きて立っている以上、私はゼロになることはできなかった。私は只生きているだけだと考えていた。しかし只生きているだけにも、その形式と内容はかならず有るものであった。——私は自分がゼロになるのを拒否する人間だという発見に驚いた」

かつて軍の力に依存して支配者であった中国で敗戦を迎えた泰淳は、戦争責任を日本人の問題として追求し、日本人再生の可能性を探ったのである。

一九一二年（明治四五）―一九七六年（昭和五一）。東京都生まれ。東京帝大支那文学科卒。一九三四年に竹内好らと中国研究会を設立。召集を受け、中国戦線で兵士となる。除隊後、「司馬遷」を刊行、注目を集める。その後上海に渡り、敗戦を迎える。帰国後、「審判」「蝮のすえ」により作家として出発する。代表作に、「風媒花」「ひかるごけ」「快楽」「富士」など。「蝮のすえ」は、一九四七年（昭和二二）に発表。講談社文芸文庫『蝮のすえ・愛のかたち』などに収録。

小島信夫「アメリカン・スクール」

日本人が外人みたいに英語を話すなんて、バカな。外人みたいに英語を話せば外人になってしまう。そんな恥ずかしいことが……

終戦後三年目のことである。伊佐たち英語教師は、県の学務部指導課の柴元に引率されて、アメリカン・スクールを見学するため、六キロも歩いて行った。

伊佐は朝三時に起きて、遠く離れた村から出てきたが、会話が不得意で、アメリカ人との接触を極度に恐れていた。

しかし、アメリカ人との接触を喜び、うまく取り入ってアメリカに留学したいと考えているものもあった。山田はこの機会に日本語を使わずに授業するモデル・ティーチングをおこなって、英語の達者なことをアメリカ人に知らせたいと思っていた。

指導課の柴元は、戦争中まで柔道では県下でも有数な高段者の一人で、講道館五段だった。追放をまぬがれて、いまは警察と米軍に柔道を教えている。いまの位置を得たのは米軍指導の恩恵だった。

山田は柴元といつのまにか意気投合して、自分は剣道二段で、戦争中は中隊長をしていて、その半分は捕虜だが、二〇人くらいも試し斬りをしたなどと言う。戦争中は残虐＝有能な軍人で、戦後はアメリカに取り入ってうまく立ちまわる〈有能な〉英語教師だった。

山田は打ち合わせ会で、モデル・ティーチングを提案したばかりでなく、アメリカ人に馬鹿にされないために、服装に気をつけろと言い、その日は一日中なるべく日本語を使わないようにして、われわれの英語の力を彼らに示そうなどと言った。

「そんなバカな。そんなバカな」伊佐は悲鳴に似た叫び声をあげた。

それでも伊佐は友人から借りた靴をはいて来た。兵隊靴をはいて、外人の目につきたくなかったのだ。弁当を入れた国防色の兵隊カバンは脇の下にかくしていた。

しかし、借りた靴は足にあわなかった。長い距離を歩くうちに靴ずれができ、皆からひどくおくれて、ついにはハダシになって歩いた。こんな伊佐を、山田はアメリカ人に対して恥ずかしいと英語で言って、目の敵にした。

アメリカン・スクールは広大な敷地を持つアメリカの軍人と軍属の住宅地の中央に、南にガラス窓を大きく張って立っていた。敷地は畠をつぶしたのである。

こんな贅沢な設備で行われる教育はとても参考にならないから、見学の必要はないという教師もあったが、アメリカン・スクールの校長は、この校舎は日本のお金で建てたのだが、ご覧の通り不服だと言った。明るさというアメリカ人のモットーから見れば不十分で、生徒は一クラス二〇人だが、これも多すぎる。一七人が理想で、日本の学校は七〇人だそうだが、そんなに多くては団体教育になり、軍国主義のもとになると言った。

貧しい日本の学校とはあまりにかけ離れたアメリカン・スクールの現実であるが、アメリカ人は日本の現実を無視して、アメリカの教育の理想を語りつづける。そして、山田はこんな落差を無視して、モデル・ティーチングをやらせてほしいと頼みつづけるが、拒否される。アメリカ人に模範を示そうなどとはもっての外であった。

戦争中は有能な中隊長として捕虜を斬殺し、戦後は有能な英語教師として、ひたすらアメリカ化して出世の道をあるこうとする山田と、ひたすら沈黙して自己に閉じこもろうとする無能な伊佐、日本人の対米コンプレックスの二つのタイプによって、占領下の日本とアメリカの関係を描き、日本人のあり方を問うた作品である。

発表は『文学界』一九五四年九月号。

一九一五年（大正四）—二〇〇六年（平成一八）。岐阜県生まれ。東京帝大英文科卒。召集を受け、陸軍に入隊し、中国大陸に渡る。復員後、英語教師となり、かたわら創作や翻訳に従事する。安岡章太郎、庄野潤三、吉行淳之介らとともに「第三の新人」と呼ばれた。代表作に、「抱擁家族」「別れる理由」、評論に「私の作家評伝」などがある。
本作「アメリカン・スクール」は、一九五四年に『文学界』に発表、同年芥川賞を受賞した。新潮文庫に収録。

大江健三郎『人間の羊』

外国兵の逞しい腕が僕の肩をしっかり掴むと動物の毛皮を剥ぐように僕の外套をむしりとったのだ。彼らは僕のズボンのベルトをゆるめ荒あらしくズボンと下ばきとをひきはいだ。僕はずり落ちるズボンを支えるために両膝を外側へひろげた姿勢のまま手首を両側からひきつけられ、力強い腕が僕の首筋を押しつけた。僕は四足の獣のように背を折り曲げ、裸の尻を外国兵たちの喚声にさらしてうなだれていた。

バスに乗った「僕」は、日本人の女を連れた酔った外国人兵士とふとしたことでトラブルを起こし、ナイフを突きつけられ、後ろ向きにされ、性器を露出する屈辱的な姿勢をとらされた。外国兵の言葉は耳がジンジンして聞き取れなかった。

外国兵は突然歌いはじめ、拍子をとるためのように、寒さで無感覚になり始めた「僕」の尻をひたひた叩き、笑いたてた。

「羊撃ち、羊撃ち、パン　パン」

彼らは熱心にくりかえして歌った。日本人の乗客はくすくす笑っていた。「僕」はうちのめされ圧しひしがれて、身動きする気力も失い、涙が少しずつ流れた。

ナイフを持った外国兵はバスの前部へ移って行き、数人が応援に行って、他の日本人の乗客たちが次々に「僕」と同じような目にあわされた。バスの中央の通路には、足を拡げてふんばり、裸の尻を剥きだして背を屈めた《羊たち》が並んだ。

実に長い間、「僕ら」はそのままの姿勢でいた。そして急に、歌いつかれた外国兵たちが、女を連れてバスから降りて行った。

「あいつらひどいことをやりますねえ」「日本人を獣あつかいにして楽しむのは正常だとは思えない」「僕は黙って見ていたことを、はずかしいと思っているんです」と教員が熱っぽい声で言った。

被害を受けなかった客たちは次々に立って来て、怒りにみちた声をあげ話しあった。

「警官に事情を話すべきですよ、警察が動かなかったら、被害者が集って世論に働きかけることができると思うんです」と教員は言い、他の客たちもそれに賛同して、「あいつらにも思いしらせてやらなきゃ」と、警察に届けることを「僕ら」に迫った。しかし坐っている「僕ら」は黙ったままうなだれていた。

しかし、「恥をかかされたもの、はずかしめを受けた者は、団結しなければいけません」

と教員が言うのを聞いたとき、急激な怒りに躰を震わせて「僕」は教員を見あげた。隅にうずくまっていた赤い皮ジャンパーの《羊》が立ちあがり、教員の顎を激しく殴りつけた。

彼らは「僕ら」が辱めを受けていたとき黙って見ていた。クスクス笑いさえした。「恥をかかされたもの」という言葉には「僕ら」への軽蔑の感情が潜んでいる。警察に届けても、笑いものにされるだけなのだ。日本の警察は外国兵に対して無力であった。彼らには「僕ら」の屈辱感、無力と絶望の感情は理解されはしない。

教員は占領の過酷な現実とまともに対決することを避けていながら、戦後の警察に希望を託し、黙って耐えていることはいけない、無気力にうけいれてしまう態度は棄てるべきだと、言葉の上でだけ民主主義の理念を語り、抵抗をよびかける。「僕」はこのエセ民主主義の教員からひたすら逃げるが、自分のたたかいの場所を見出すことはできなかった。

この作品は『新潮』一九五八年二月号に発表された。まだ学生の作者は占領された日本の屈辱を見据え、たたかいの場所を求めて模索している。

一九三五年(昭和一〇)―。愛媛県喜多郡大瀬村生まれ。東京大学仏文科卒。在学中に「奇妙な仕事」で注目され、一九五八年「飼育」で芥川賞受賞。一九九四年にノーベル賞を受賞する。小説だけでなく、社会、政治問題についても積極的に発言している。主な作品に「個人的な体験」「万延元年のフットボール」「洪水はわが魂に及び」「懐かしい年への手紙」「ヒロシマ・ノート」などがある。
「人間の羊」は、一九五八年『新潮』に発表された。新潮文庫『死者の奢り・飼育』などに収録。

堀田善衛『広場の孤独』

戦争犯罪の巨魁の一つは、何といっても新聞ですよ。しかも新聞には、事実の報道をしたまでのことだ、という絶対のアリバイがいつでも用意されているんだから。ところがその誰が見てもアリバイのはっきりした奴が、実は一番の元兇なんだから。東上式の奴らが何を云おうが、新聞やラジオが報道し宣伝しなかったら、そんなもの屁でもありゃしない

一九百五〇年夏の新聞社である。朝鮮で戦争がはじまっていた。新聞社にはひっきりなしに外電が入ってくる。木垣は北朝鮮の部隊を敵部隊と訳せといわれて衝撃を受けた。〈北朝鮮軍〉を敵と呼ぶ時、戦争に一歩ふみこむことになる。それに疑問を抱く木垣は、渉外副部長原口から「思想が悪い」といわれ「君たち同調者」と罵られた。新聞社の方針は大きく転換して、戦争に荷担する立場を強め、日本は戦争に向かって疾走しはじめたのである。

北朝鮮はたちまち釜山を占領し、韓国軍を追いつめて血みどろの激闘が繰り広げられた。戦火に焼かれ、廃墟をさまよう不幸な人々が何十万出たかわからない。

朝鮮から帰ってきたばかりの米人記者ハワード・ハントは、「近代史にかつてないほどの人間惨劇（ヒューマンデイザスター）だ」と言い、日本をその「前線基地」だという。

羽田に行くハワードに同行した木垣は、軍需品を積んだトラックの一隊がサイレンを鳴らすジープに先導されて疾走して行くのを見て、「トラック隊の行先に、すぐそこに、爆裂し赤々と燃えあがるものが見えそうに」思った。

川崎の重工場地帯はこの前の戦争の跡がまだ生々しく残っていた。焼け跡の骨のような鉄骨は「両手をさしあげて何かを祈って」いるように見えた。しかし、廃墟の中にある工場は徹夜で仕事をしていた。「戦争による廃墟のど真ん中も立った工場が再び戦争のために活気づいているとは信じられないことであった。

日本経済は朝鮮特需で息を吹き返していた。羽田に近い居酒屋では、飛行場ではたらく労働者が焼酎を飲める幸福をよろこび、「戦争ちゅうもんは、なんちゅうても、景気のいいもんやな」と言っていた。「日本の戦争の手伝いをしてサ、いまア、またアメさんの戦争の手伝いだサ」と言うのである。

米ソ対立のはざまにあって、どちらかの一方に加担することを拒み、宙づりの孤独と不安に苦しむ日本の知識人の苦悩について、ハワードは『奇妙な日本知識人の愛国論』と題する記事を書き、「国際常識の認識にかけては、驚くほど感傷的で幼児程度しかない」「緊迫した情勢、時に朝鮮戦争以後にはどこにも孤立も孤独もありえないことに気付かず、気付いていながらも、敢えて眼をつぶろうとする」と嘲った。

この尻馬に乗って原口は「日本のインテリなんていう奴は、国を亡ぼすことだけしか考えとらん」と言い、社をやめて警察保安隊に入った。新聞は四段抜きの見出しで『全面講和は期待薄。軍事基地反対は理想論』と伝えていた。

そして、一九五〇年七月、報道関係を皮切りとして、日本の全産業に及んだ赤色追放令レッド・パージが発動された。「考えもせずに目前の利害の尻馬にのってうろうろする奴こそ国を亡ぼすんだ」と、愛国心をめぐって原口と論争した共産党員と思われる御国は、何の予告もなく追放された。こうして、日本の再軍備がはじまり、日本は米軍の「前進基地」となって、日本全体が動員されて行ったのである。

「広場の孤独」は一九五一年に発表され、芥川賞を受賞した。

一九一八年（大正七）―一九九八年（平成一〇）。富山県高岡市生まれ。慶應義塾大学仏文科卒。戦争末期に上海に渡り、戦後は国民党中央宣伝部に留用された。一九四七年に引揚げ、詩作や翻訳に従事。一九五一年「広場の孤独」で芥川賞を受賞した。アジアアフリカ作家会議の事務局長を歴任した。晩年はスペインに居を構え、日本と往復するようになった。代表作に、「時間」「記念碑」「海鳴りの底から」「審判」「若き詩人たちの肖像」「方丈記私記」「ゴヤ」など。

「広場の孤独」は一九五一年、『中央公論』に発表された。新潮文庫、集英社文庫などに収録。

原　民喜「鎮魂歌」

僕は弱い、僕は弱い、僕は弱いという声がするようだ。今も僕のなかで、僕のなかで、その声が……。自分のために生きるな、死んだ人たちの嘆きのためにだけ生きよ。僕のなかでまたもう一つの声がきこえてくる。

一九五一年三月一三日、原民喜は中央線吉祥寺・西荻窪間の鉄路で自殺した。朝鮮で熾烈な戦争が戦われ、原爆投下を考慮と米国大統領が言明する時代だった。

「夏の花」は被爆後間もなく書き上げられたが、米軍の検閲を考慮して発表がおくれ、一九四七年の『三田文学』六月号に悲惨な描写やはげしい言葉の部分を削除してようやく掲載された。単行本になったのは一九四九年二月である。削除部分が復元されたのは一九五三年になってであった。

原民喜は一九四六年三月に上京し、友人や甥の家などを転々としながら、『三田文学』編集の仕事をした。生活のために夜間中学の教師をしたが、一年もつづかなかった。戦後の大インフレの時代に収入は乏しく、飢えに苦しむ生活だった。住宅事情は極度にきびしく、友人知人をたよって無理に割り込むような生活は、さまざまなトラブルを生んだ。だれもが生活の基盤をうしない、ひどく物質的になり、エゴイスティックになって、人間関係はとげとげしかった。原爆に対する理解はなく、後遺症に苦しむ被爆者は、この荒々しい人々に押しまくられて、ひけめを感じなければならないような時代だった。

他との交際がひどく苦手で、生活力ゼロの、元来ひよわな民喜は、健康も思わしくなく、荒々しい戦後の現実にうちひしがれ、途方に暮れるばかりだった。

「僕の胃袋に一粒の米粒もなかったとき、僕の胃袋は透きとおって、青葉の坂路を歩くひょろひょろの僕が見えていた。あのとき僕はあれを人間だとおもった。」

「僕は汽車から振落されそうになる。僕は電車のなかで押つぶされそうになる。僕は部屋を持たない。部屋は僕を拒む。僕は押されて振落されて、さまよっている。さまよっている。さまよっているのが人間なのか。」

「生きてゆくことができるのか」「人間に救いはあるのか」と嘆く「僕」は、自分の内部に、救いはないという声を聞く。一切は空しいと思われた。しきりに死が思われた。この「僕」を支えたのは死の床の妻の嘆き、そして被爆の苦しみに耐えながら廃墟をさまよっていた人々の嘆きだった。

妻の嘆きは「僕」のなかに生々しく生きていた。「救いを求める嘆きのなかに」「僕たち」はいた。そして今もその嘆きのかなたに「お前」はいる。妻の嘆きは無数の嘆きと重なり合い、響きあって、この世に生きる人々の世界を新しく照らし出した。

「鎮魂歌」は救いを求めながら死んでいった無数の人々の嘆き、その無念の思いと生への渇望をさまざまに語り、そこに自分の生きる意味と再生の可能性を求める、奈落の底からの祈りの歌であった。

「明日、太陽は再びのぼり花々は地に咲きあふれ、明日、小鳥たちは晴れやかに囀るだろう。地よ、地よ、つねに美しく感動に満ちあふれよ。明日、僕は感動をもってそこを通りすぎるだろう。」

作品の末尾の言葉である。

この作品は一九四九年の『群像』八月号に発表された。しかし、その二年たらず後、朝鮮戦争の最中に作者はみずから命を絶った。絶望の深さがその祈りを切実にしている。

「鎮魂歌」は一九四九年に『群像』八月号に発表された。新潮文庫『夏の花・心願の国』、講談社文芸文庫『原民喜戦後全小説』に収録。

金達寿「玄海灘」

敬泰の耳には、校門を出がけに聞いた一人の生徒の自らののどを突きやぶるような叫び声が、そのままはりついたようになっていた。「ギョソン・ドクリプ・マンセイ！」それは疑いもなく「朝鮮独立万歳！」という朝鮮語であった。それは彼にとって、生まれてはじめてきいた新鮮なことばであった。

「玄海灘」は一九五二年一月号から五三年一一月号まで『新日本文学』連載された。朝鮮戦争は五〇年六月にはじまり、五三年七月に休戦協定が成立した。深夜、朝鮮に向かう米軍機の爆音を聞きながら、「うんうん唸るような気持で書きつづけた」と作者は述べている。

金達寿は一〇歳で渡日し、貧困と差別に苦しみながら、苦学して大学を卒業して新聞記者になった。戦争中に一度帰国して『京城日報』の記者になったが、ふたたび日本にもどって戦後を迎えた。日本育ちで朝鮮の歴史についてはほとんど知らなかった〈半日本人〉西敬泰の経歴は作者と重なっている。

敬泰はうまく立ちまわり、日本人に取り入り、日本人化して、普通の朝鮮人とはちがう生き方をしようとした。京城に来て、総督府の準機関紙『京城日報』に就職し、昇進のために無理な努力をしたのも、在日朝鮮人が受ける屈辱から逃れるためだった。

しかし、記者としての仕事で苛酷な朝鮮の現実に触れていくうちに、次第に朝鮮人としての自覚に目覚めて行った。

一九四三年、いわゆる学徒出陣が実行されると、朝鮮の学生たちも〈志願〉という形で兵役が強制されはじめた。新聞は〈志願〉のよびかけや、各界名士の「半島の学徒たちは欣然としてこの栄光に向って一身をささげ、一死皇恩に報いるべきです」というような決まり文句の談話で埋めつくされた。

〈志願〉学生の「決意」も連日掲載されたが、取材の現場では、兵役強制に疑問を感じ、何のために死ぬのかと鋭く反問する学生もあった。しかし、敬泰は社に帰ると「欣然一命を捧げて……」と通り一遍の記事を書いたのである。

談話をとるために訪問した前代議士は、裸一貫で日本に渡り飴売りの行商から成り上がったのだが、日本式の家に住み、羽織袴の服装で、日本人と同様に朝鮮人を侮蔑し、尊大な態度をとった。敬泰は憤り、「犬奴！　この下郎奴！」と罵ったが、自分もまた日本人の手先になって民族を裏切っているのではないかという思いに打たれて、愕然とした。

養成中学の集団検挙事件を取材したとき、トラックに積み込まれる生徒とふと眼があい、軽蔑と憎悪に充ちた眼でにらみつけられた。そのまなざしは敬泰の眼にやきつけられ、いつまでも離れないものになった。「ジョソン・ドクリプ・マンセイ（朝鮮独立万歳）！」という叫び声を聞いたとき、敬泰の涙はどっとあふれおちた。金日成の名も、このとき特高刑事に教えられてはじめて知ったのだった。が、この事件の記事を書くことは出来なかった。敬泰は『京城日報』の記者をやめて日本にもどり、新しい生涯がはじまった。

独立をうばわれた国では、抵抗と独立の運動はおおいかくされて、真実の歴史から遠ざけられ、民族の誇りをうしなって、ひたすら目前の利益と功名を求め、支配者に迎合する亡国の民が生み出される。この亡国の民の再生の物語を、作者は在日朝鮮人だけでなく、植民地化の危機にさらされていた日本国民にも捧げたのである。

一九二〇年（大正九）―一九九七年（平成九）。朝鮮慶尚南道に生まれる。一〇歳の時、日本に渡り、苦学しながら独学で文学を学ぶ。日大芸術学部を卒業後、新聞記者となる。戦前から「文芸首都」の同人となり、戦後は新日本文学会に所属した。一九五七年にはリアリズム研究会を結成し、その後日本民主主義文学同盟の結成に参加した。晩年は、古代史に関心を強め、「日本の中の朝鮮文化」を探求した。他の代表作に、「後裔の街」「朴達の裁判」「太白山脈」など。

「玄界灘」は一九五四年、『新日本文学』に連載された。講談社文庫、『金達寿小説全集』（筑摩書房）などに収録。

武田泰淳「風媒花」

中日戦争を忘れて、中国を論ずることは、彼等の何人にも許されていない。何万何十万の中国民衆の家庭を焼き払い、その親兄弟を殺戮したあの戦争を語る事は苦痛だ。唇が歪み、心臓がねじれるほどの苦痛だ。その黒々とした事実、それは彼等の全人生を蔽う。(中略)隣国人の血潮と悲鳴と呪いにどろどろと渦巻く、その巨大な事実が、彼等の出発点であった。

「風媒花」は「玄海灘」と同じく、朝鮮戦争の最中に、一九五二年一月から『群像』誌上に連載された。

峯は学生時代に軍地とともに中国研究会をはじめた。中国という言葉を最初に使ったのは彼らであった。日中の間に橋をかけることは彼らの夢であった。しかし、戦争が彼らの夢を破壊した。峯は兵士として中国の戦争に参加した。いまも中国を思うとき、心に浮かぶのは兵士として中国の山野を行軍したときにうたった軍歌である。

戦争の末期には上海で占領者の特権を享受し、中国人をふみつけて、贅沢な暮らしをした。峯の手は中国の血で汚れていた。日本の経済や文化の発展、日本人の恵まれた生活は中国人の犠牲の上に成り立っていたのである。この自覚のために、日本の軍部や政治家、知識人をきびしく糾弾する軍地たちから次第に離れ、「大衆エロ作家」を自任するようになっていった。

中国は革命を実現した。しかし、朝鮮戦争がはじまり、米軍は中朝国境に迫り、中国人民軍に猛烈な砲爆撃を加え、大量の犠牲者を出した。その前線基地が日本であった。

帝銀事件、下山事件、三鷹事件、松川事件と謎の怪事件が次々におこり、レッドパージが強行された。一方ではA級戦犯が釈放されて、政治と経済を動かしはじめ、対米従属の単独講和、日米行政協定が結ばれて、米軍を補強する再軍備がすすめられた。

人民中国を賛美する声は日本中にわき起こり、中国の人民文学が次々に翻訳され、大量に出版された。平和と民主主義、反米と民族独立の運動はをもとめる運動は占領下の日本で大きな盛り上がりを見せた。

しかし、米軍の兵器を製造修理するPD工場はフル稼働で生産を拡大し、この特需景気で国民生活は戦後の窮乏生活を脱しはじめた。日本はふたたびアジアの人民の犠牲の上にその繁栄を回復しようとしていた。対米従属を深め、植民地化によって得られる「奴隷の幸福」だった。

駐留する米軍兵士と彼等を相手にして生計を立てる日本の女たち。街角には白衣の傷痍軍人がたむろし、海岸では米軍の上陸演習が行われている。その海岸で老婆や少年もまじる在日朝鮮人の土工たちが黙々と働き、PD工場では日本人労働者が深夜まで働いていた。電柱には「反共援蒋」のポスターが貼られ、元陸大教授の中国文学研究者日野原に率いられた右翼の青年たちは、反共義勇軍の国士として台湾に密航しようとしている。

日本はどこへ行くのか。峯はひたすら「中国!」と思いつづけ、日中のあいだにかかる強固な橋をいまもなお変らず夢みていた。それが実現するのは、中国が外国の侵略を受けることのない自立した国家になり、日本が徹底した自己検討により、アジアに対する関係の仕方を根本的に変えるときであるだろう。しかし、それはいつ実現するかもわからない。米ソ対立が火をふき、ふたたび戦乱に巻きこまれたアジアの先端で、どこへ行くかわからない世界を見つめる峯の心は暗かった。


「風媒花」は、一九五二年一月から「群像」に連載された。新潮文庫、講談社文芸文庫などに収録。

川端康成「山の音」

アメリカの軍用機が低く飛んで来た。この音にびっくりして、赤んぼは山を見上げた。飛行機は見えないが、その大きい影が裏山の斜面にうつって、通り過ぎた。影は赤んぼも見ただろう。

赤んぼの無心な驚きの目の輝きに、信吾はふと心打たれた。

「この子は空襲を知らないんだね。戦争を知らないない子供が、もういっぱい生れてるんだね。」

「今の国子の目つきを、写真にうつしておくとよかったね。山の飛行機の影も入れてね。」と尾形信吾は言う。しかし、次の写真では、赤んぼは飛行機に撃たれて、惨死している。

この想像に、信吾は衝撃を受ける。

「山の音」は連載中に朝鮮戦争がはじまり、思いがけず、その前後の日本の現実を伝える作品になった。

鎌倉にも米軍相手の女たちがいて、魚屋の店頭で、伊勢海老を私の人に食べさせたいと言っていた。占領下日本の風景である。

戦後五年でふたたび新しい戦争がはじまった。戦争の傷はいたるところにあった。信吾の娘房子は、戦争から帰ってきた相原と結婚したが、夫の虐待に四歳の里子と誕生を過ぎたばかりの国子を連れて戻ってきたのである。その後、相原は心中未遂事件を起こし、行方不明になってしまう。

長男の修一も戦争から帰って来て、信吾の会社で働いているが、若い美しい妻がいるのに、外で戦争未亡人の絹子と関係を持ち、毎晩、帰宅がおそくなる。修一は戦争で変わってしまった。絹子の家を訪ねては、絹子とその同居者池田に対して、無理に歌をうたわせたり、暴力をふるったりした。

池田はそれを戦地の癖じゃないかと言う。自分の戦死した夫が戦地で女遊びしている姿のように見え、自分が夫の相手の女のような錯覚をおこして下品な歌をうたって泣いてしまうと言うのである。

修一もやはり負傷兵なのだ。「心の負傷兵」だ。修一は戦場で人を殺した。「僕の機関銃の玉にあたったら、死んだでしょう。しかし、機関銃は僕が射っていたものじゃないと言えるな。」と言い、「敵の鉄砲玉が耳すれすれに、ぴゅんぴゅん鳴って通って、一つも当らなかったんだ。中国や南方にだって、落し子が生まれてるかもしれない。」と言う。殺人も生存も自分の意志ではない。占領地の女性に子どもを生ませても、自分の責任ではない。戦争は個人的な道徳を破壊し、生活を荒廃させる。

修一の妻の菊子は修一がこわいと言う。そして絹子は「その人を返すから、私の戦死した夫を返せ」と言う。嫁の菊子のことばかり思い、修一の子を身ごもったと聞いてあわてて、絹子に身を引かせようとした信吾は、この言葉にたじろいだ。

戦争による人間破壊は底知れぬおそろしさであった。しかし、また新しい戦争に日本は巻きこまれようとしている。修一は「今も新しい戦争が僕らを追っかけて来ているのかもしれないし、僕らのなかの前の戦争が、亡霊のように僕らを追っかけているかもしれないんです。」と言う。

新しく生まれてきた戦争を知らない子どもたちはどうなるか。そして、この不安のなかで、女たちは、それぞれに自立の道を求め、新しく出発しようとしていた。

一八九九年（明治三二）―一九七二年（昭和四七）。大阪市生まれ。東京帝大国文科卒。幼少にして父母と死別、天涯孤独となる。横光利一らと「文芸時代」を創刊、「新感覚派」と呼ばれた。日本の伝統的な美を受けとめる作風で、一九六八年ノーベル賞を受賞。一九七二年にガス自殺を遂げた。代表作に、「伊豆の踊子」「浅草紅団」「雪国」「千羽鶴」「眠れる美女」などがある。

「山の音」は一九四九年から一九五四年にかけて複数の雑誌に書き継がれ、一九五四年に単行本として筑摩書房より刊行された。新潮文庫、角川文庫などに収録。

堀田善衛「記念碑」

死んだ人々はどこへ死んでいったのだ．

眼をつぶると、ぞろぞろ、ぞろぞろ、と草履をひきずるような音が聞えて来る。また、どさ、どさ、どさ、と、重い軍靴をひきずって、暗い冥府を、暗い海の底を、不規則な足音をたてて行く足音が聞えて来る。亜細亜と南海の陸と海との隅々から、死んでいった若い人たちが、死んだときの、殺されたときの形相そのままで、……


外交官の夫に自殺された石射康子は、国策通信社の外信部に勤め、深田英人枢密顧問官が口述する覚書の筆記をしていた。米国人の妻をアメリカに残して交換船で帰国した伊沢信彦と愛人関係にあり、協力して深田の和平運動のために情報を提供している。

兄の安原武夫大佐は、南方の島にいて生死不明であった。すでに戦争の末期、太平洋の島々で玉砕が相次ぎ、東京爆撃が始まっていた。比島沖海戦、台湾沖海戦では若者たちが続々と特攻機で突入していった。

学徒動員で予備学生になり、海軍少尉になった息子の菊夫は深田の娘と結婚して、妻が妊娠しているのに特攻隊を志願し、死に向かって飛び立とうとしていた。

深田の口述を筆記するようになって、康子は『それまでにはどうにかなるだろう』というのが、開戦とそれ以後の全過程の指導理念であることを知った。

アメリカから帰国した伊沢は、期待を裏切って、その論調は次第に愛国行進曲調になり、「日本の草莽の民の忠誠心に感激した」と言うまでになった。

続編「奇妙な青春」にはアメリカに占領された戦後の日本で、民主主義の担い手として活躍する姿が描かれている。そのアメリカの政策が変わったら、今度はどう変わるのか。

康子の弟の安原克巳は共産主義者だったが転向して、参謀本部の依頼で豪州の鉱物資源の調査をするようになり、シンガポール陥落の提灯行列に参加して、宮城前で最敬礼するまでになった。もちろん、戦後は共産主義者として活躍するのである。

彼らが時代とともに転向を繰り返すのは、彼らの思想が日本の現実そのものに根ざしたものでなかったからである。戦争で「西洋風の付焼刃みたいな教養」が洗い流されると、日本的虚無感にひたり、非合理主義的な国体思想や神国思想に流されていく。

「……あなたはそれでも自前で戦って来たつもりなの、持ち出しで生きてきたひとや死んだひとがいっぱい、いる……」

「悠久の大義」とか「肇国の精神」とか、意味内容の不明な思想を熱烈に説き、現実に対する生身の人間としての自分の責任を回避する菊夫に対する康子の批判である。

康子は兄の安原大佐から届けられた手記を読み、悲惨な戦場の現実に心を打たれる。


「全くの幽鬼である。横の方のものを見るために首を廻すその動作さへが歩き乍らでは決して出来ない……。魚のやうに白く力のない瞳。……

「白い歯と見えたのは、口のあたり一面に湧いた蛆虫である。……

「生きて虜囚の辱を受けず。

「ガ島にて戦病死の将兵すべて四万六千、一片の遺骨もない。……


死者たちは「死んだときの、殺されたときの形相そのままで、天の奥処《おくが》を限りなく、いまも歩いている。」私たちはこの死者たちどのように答えるか。

しかし、はやくも第二、第三の転向が始まっていた。

この作品は、一九五五年、朝鮮戦争の特需景気で経済を復興し、対米従属を強めながら、再軍備の道を歩きはじめた時代に発表された。一九五五年に中央公論社より刊行。集英社文庫に収録。

遠藤周作「海と毒薬」

仕方がないからねえ。あの時だってどうにも仕方がなかったのだが、これからだって自信がない。これからもおなじような境遇におかれたら僕はやはり、アレをやってしまうかも知れない。アレをねえ。

戦争末期の一九四五年五月、九州大学の医学部教授らは軍の指示で米軍捕虜八人を生体解剖して、肺切除などの実験をし、標本にしたり、肉を食べたりした。この事件に、横浜軍事裁判所は、絞首刑五人、終身刑四人、重労働一四人の判決を言い渡した。

この事件を素材とする「海と毒薬」は一九五七年に『文学界』に発表された。

勝呂《すぐろ》は田舎出身の平凡な医師で、大学に残るあてもなく、将来はどこかの山の療養所で結核医として過ごしたいと思っていた。

空襲で街の大半は焼失し、多数の人々が死んでいった。同僚の戸田は「何をしたって同じことやからなあ。みんな死んでいく時代なんや」「病院で死なん奴は毎晩、空襲で死ぬんや」と言った。希望も夢もない、荒涼とした、空虚な日々だった。

そのなかで、勝呂ははじめての患者のおばはんをなんとか死なすまいと懸命になった。両肺がおかされて助かる見込みのない施療患者だった。門司で焼け出され、この町の妹も空襲で行方不明、ただ一人残った戦地の息子に一目あうのが唯一の希望だった。

柴田助教授はおばはんを手術して、教授昇進の業績をつくろうとしていた。手術をすればおばはんは到底助からないことがわかっていた。どうせ助からない命だから、研究の役に立てばその方がいいのだと戸田は言ったが、勝呂は納得できなかった。

おばはんの手術はある事情から延期され、手術前に自然死してしまう。おばはんの死体が木箱につめられて、雨の中を運ばれて行ったとき、みんなが死んでいく世のなかで、たったひとつ死なすまいとしたのがおばはんだったことに勝呂は気づき、もう今日から、戦争も日本も自分も、凡てがなるようになるがいいと思った。

こうして勝呂は、次期学部長を狙い、軍とむすびついて勢力を伸ばそうとする橋本教授らの、F市を空襲して市民を殺傷した捕虜を生体実験する企てにまきこまれていった。断れば断ることもできたのに、ずるずると大波にまきこまれ、押し流されていった。

彼は生体解剖の現場にいたが何もせず、実験が終わったあとも、人を殺したという実感を持つことができなかった。おばはんの手術にもはっきり抵抗せず、ただあいまいに生きてきた。戦争裁判は、このあいまいな、暗い空虚な心を罰することはできなかった。

戦後一〇年、刑をおえた彼は同じあいまいな暗い心を抱いて、東京の郊外でひっそりと開業医をしていた。

その街には、南京で憲兵をしていた元兵長が洋服屋ををしていた。銭湯で一緒になったガソリンスタンドの主人は、戦地で負傷した跡を自慢げに見せびらかし、「中支に行ったころは面白かったなあ。女でもやり放題だからな。抵抗する奴がいれば樹にくくりつけて突撃の練習さ」と言った。そして、「シナに行った連中は大ていー人や二人はやっている」と言い、あの洋服屋も、「南京では大分、あばれたらしいぜ」と言った。

新しく郊外に開けた住宅地で暮らす平和でおとなしい市民たちは、あの戦争を生きた日本人であった。戦争で人を殺した日本人は、平凡な市民としていまを生きている。時代の大波に押し流されて生きる日本人は、自分の罪を自覚することができない。作者はその日本人の暗い無自覚な心を見つめ、人間はどうしたら変わるかと問うている。

一九二三年（大正一二）—一九九六年（平成八）。東京生まれ。幼年期を旧満州大連で過ごす。慶應義塾大学仏文科卒。一九五〇年、フランスに留学。一九五五年「白い人」で芥川賞受賞。「第三の新人」として注目を集める。一九九五年文化勲章受章。代表作に、「海と毒薬」「沈黙」「深い河」「死海のほとり」など。

「海と毒薬」は一九五七年『文学界』に発表され、同年文芸春秋新社より刊行された。新潮文庫、講談社文庫、角川文庫などに収録。

石川達三「風にそよぐ葦」

「よし、白状するまで五日でも十日でもやってやるからな。覚えてろ！」そして更に両手を縛り上げ、木剣をもって背を叩く。叩かれてももはや知覚はなかった。私が失神して倒れると、裸にして風呂場へ引きずりこみ、ホースでもって頭から水をぶっかけられた。氷るような冷たい水が全身の傷に沁みた。

岡部熊雄の手記である。岡部は『新評論』の編集長で、芦沢悠平社長の娘婿だった。いわゆる横浜事件に連座して、一九四四年一月一九日に横浜の磯子署に連行され、激しい拷問を受けた。日本共産党の再建運動に参加して、『新評論』『改造』『日本評論』などの編集記者と連絡を取って再建準備会をつくっていたということを認めよというのである。まったく身に覚えのないことだったが、虚偽の自白をするまでひどい拷問をつづけたのである。

「小林多喜二は何で死んだか知っとるか。貴様にもあの二の舞をやらせてやろう」「俺たちはもう何人も殺しているんだ。貴様のようなやつは殺した方が国の為になる」と叫び、頭髪をつかんで頭をコンクリートの壁に叩きつけ、倒れると泥靴のままで顔面を踏み頭を蹴って失神させたなどという犠牲者の手記が採録され、四人も死亡者を出した凄惨な弾圧の実態がなまなましく伝えられている。

新評論社長の芦沢悠平は病床から呼び出され、共産主義運動と関係づけようとするきびしい訊問を受けた。「貴様のような国賊は、叩き殺したってかまわねえんだ。」「共産党の第五列だろう。」と悪罵され、顔面に痰を吐きかけられた。

共産主義云々は術策に過ぎなかった。戦局の悪化とともに、国民のあいだに軍部官僚政府に対する批判がつよまることをおそれ、知識人を憎悪し、敵視したのだった。

主要な編集記者を警察に奪って発行を困難にした政府は、やがて『新評論』『改造』に対して自発的な廃刊を命じた。

芦沢の長男は兵隊に取られ、学生時代に運動に参加したことを理由に、その根性を叩き直してやると言って殴る、蹴るの暴行を受け、それが原因で死んだ。娘の夫は警察で苛酷な拷問を受け、妻の兄、戦争に反対する自由主義評論家の清原節雄は執筆を禁じられ、わけのわからぬ理由で拘留され、取調べを受けていた。

清原が釈放されたのは、東条内閣が倒れて一ヵ月目だった。拘留された理由が告げられなかったように、釈放の理由も知らされなかった。

「これはもはや法治国というよりも、暴力政治の国であった。」と作者は書いている。

「内閣は変ったが、落日を招きかえすほどの力が有ろう筈もなかった。一つの国家が崩れるときには、国家の全体が一斉に崩れて行くのだ。軍部、官僚の秩序風紀は紊乱し、財界は軍需に名をかりて私利をはかり、民衆は犠牲を拒んで政治の手から逃れることに専心していた。強権と貧困、怨嗟と頽廃。流言は巷にみち、人心は右往左往して拠るべきところを持たなかった。」

サイパンは落ち、硫黄島も奪われて、B29による本土爆撃の日は迫っていた。戦場はフィリピンから沖縄に移り、激しい戦闘がおこなわれていた。国民はなすすべもなく、戦争の嵐に吹きまくられて、破滅へと押し流されて行った。

「風にそよぐ葦」は前編が一九四九年、後編が一九五〇年に『毎日新聞』に連載された。朝鮮戦争勃発前後、下山事件、三鷹事件、松川事件と怪事件が連続しておこり、レッドパージの大風が吹き荒れて、日本が戦争へと動員されていった時代である。


「風にそよぐ葦」は、前編が一九五四年、続編が一九五〇年に「毎日新聞」に連載された。岩波現代文庫に収録。

郷 静子「れくいえむ」

人々は、まったく唐突に、その日常生活の場から去っていった。さよならと川崎駅のホームで手を振って別れた友が、その夜、焼夷弾に焼かれて死んで行くのであったし、工員だけの特配の冷凍みかんを少女達に分け与えてくれた親切な工員にも召集令状が来て、ある朝、その作業台にその姿はなかった。一日が始り、おはようといい交わす挨拶にはまた逢うことが出来た喜びがあふれ、夕方、さよならと見交す瞳には、これが最後かも知れぬ哀惜の情がこめられるのである。

五月二九日午前、数時間の空襲で、横浜の街は大半が焼き尽くされた。遠く見えた丘陵がすぐ目の前に見えた。その間の平地にあったおびただしい家々は焼かれ、そこに住む人々多数の命と生活は無残に奪われた。

出勤途上だった節子の父はこの空襲で焼き殺された。母は必死になって死体をさがしたが見つからなかった。その母も一ヵ月後、配給ものをとりに行って、小型戦闘機の機銃掃射で撃ち殺された。

人々が次々に命を奪われて行く時代であった。節子の兄は特攻隊を志願して命を失った。ノートを交換していた親しい下級生のなおみは、その母とともに四月の東京空襲で焼死した。なおみの父はアメリカ経済学者で日米間の国力の差を説き、開戦に反対する論文を書いたために長期間拘留され、悲惨な状態で獄死した。

節子は一六歳の女学生でまじめな軍国少女だったが、なおみが非国民の子と非難され、排斥されているのをかばった。なおみは節子を慕って、日本人らしい日本人になることを誓い、動員先の工場で一生懸命に働こうとしたが、工場でも父のことが噂になって迫害され、休学に追いこまれた。

なおみから「チボー家の人々」を借りて読み、なおみの家族を理解しようとする節子は、戦争で若者が夢を奪われて死ぬ物語に感動するが、危機にある日本のために一身を犠牲にしてつくしたいという決心をかえることはなかった。

思想犯として投獄され、病気になって転向して出獄し、長野県の山寺で療養している湧井捷一は、かつてなおみの父丹羽教授の講義を聞いた学生だった。節子が教授を非国民と思うのは、節子の年齢では当然であなたの責任ではないと言い、戦争が終った後にこそ、本当に生きるべきときが来るのだということを信じてくださいと、立ち上がることも困難な身で心をこめて言った。

捷一は七月に死に、ひそかに節子が慕っていた沢辺惇は、八月一三日、川崎駅を狙った爆撃で、節子のすぐそばで死んだ。その沢辺も戦争はもう終りだと言い、戦後に生きることを求めた。

八月一五日、玉音放送があり、一六日、学徒隊は解散した。肺結核が悪化しているのをかくして工場に通っていた節子は喀血して身動きできなくなり、電燈もない真っ暗な壕のなかで、血にまみれながら、朦朧とした意識で、とりとめもなくさまざまに思いつづけた。

八月の末、壕の外には虫が鳴き、子どもたちの声が聞こえた。戦争に敗けても国はなくならず、人々は生きて、あたらしい動きをはじめていた。節子は子どもたちが死なずに生きていることだけでもよかったのだと思うが、彼女の心に聞こえるのは死者たちの声ばかりであった。無数の野ざらしが見える。そして、彼女もまたひとつの野ざらしだった。ひたすら死者たちを思う彼女は、ついに戦後を生きることができなかった。

「れくいえむ」は『文学界』一九七二年一二月号に発表され、芥川賞を受賞した。

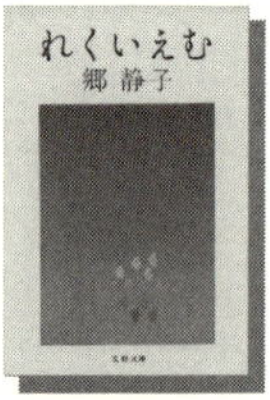

一九二九年(昭和四)—二〇一四年(平成二六)。横浜市生まれ。鶴見高等女学校卒。戦後、結核の療養生活を送りながら創作を試み、一九七三年戦時中の体験をもとにした「れくいえむ」で芥川賞を受賞。他の作品に「小さな海と空」「夕空晴れて」「わたしの横浜」など。「れくいえむ」は一九七二年、『文学界』に発表された。文春文庫に収録。

加賀乙彦「帰らざる夏」

戦国の城主は落城の時にどうした。まっさきに腹掻き切ったではないか。沈みゆく軍艦の艦長はどうした。船橋にひとりたって艦とともに波に飲まれたではないか。城主も艦長も自分一人が死して部下を助けるすべを残すではないか。宣戦の大詔をお示しになった御方が、敗戦のときに生きておられることはありえないのだ。

一九四五年八月一五日、天皇の放送は雑音で何も聞こえなかった。幼年学校の校長水野少将は、「聖旨を奉戴し、勇奮心胆に徹しソ連を撃滅する。諸子は粉骨砕身して聖戦を完遂せん。よいか、必勝の信念は我にある」と演説した。

しかし、別室で協議したあと、「負けた、よいか。神国日本は敵に降伏した。陛下に対し奉り申し訳ないことである。不忠なることである……」と、はげしく体をふるわせて号泣した。少将を中心に泣き声が波紋をひろげ、うねりとなって人々をのみこんでいった。

省治はしかし、皆が泣いているのが空々しく感じた。声を張り上げて派手に泣いている友人を見ると、滑稽にすら思われた。

省治は幼年学校の近くに育ち、幼年学校の生徒に憧れて育った。父はいまの世は男は誰もが軍人にならなければならないのだから、将校になる早道の幼年学校にいくのは有利だと考えて入学をすすめた。競争率百倍の激戦だったが省治は合格し、名古屋の幼年学校に入学した。

幼年学校は軍のエリート中のエリートを養成する学校だった。省治は中学一年から入学し、徹底的に軍人精神を注入する教育を受けた。幼年学校の出身者は東条英機などをはじめ軍の中枢を独占していたが、二・二六事件の青年将校たちも幼年学校出身者だった。彼らは逆徒として処刑されたが、上級生の源らは彼らを慕い、そのあとを追おうとしていて、省治はその影響を強く受けた。

東京は相次ぐ空襲で焼け野原になった。省治の家は四月一三日に焼けた。小学校からの親友でいっしょに幼年学校に入学した鬼頭の家は五月二五日に焼け、祖母が焼死した。

鬼頭は文学や哲学を愛し、戦争に対してもさめた見方をしていた。幼年学校の気風になじまず、反抗的な振舞いをして退校になり、文科にすすんで詩人になろうとしていた。母は病死し、父は戦死していたから、天涯孤独の孤児になり、省治の父と父の壕舎でいっしょに暮らすことになった。

原爆投下につづいてソ連が参戦した。最後の別れのための短い休暇で帰京した省治に、父が「これで日本は敗けだな」と言い、「その日のために準備しておけよ」と言った。鬼頭も日本は敗けると言ったが、敗けた日本に生き残ることは省治には想像できなかった。ひたすら勝つために戦うこと、そのために死ぬことをのみ教えられてきたのである。宣戦の大詔を発した天皇は戦争に敗けて生きていてはならなかった。天皇が生きているかぎり戦いつづけなければならなかった。

幼年学校は解散することになり、生徒たちは身辺整理して戦後の出発の準備をはじめていた。省治は一六歳の少年だったが、敗北を受け入れ、くるりと生き方をかえることができず、生徒監の伊耶野少佐や先輩源らの徹底抗戦運動に期待した。しかし、運動は失敗し、源は自決する。省治も源とともに切腹して死んだ。生きて虜囚となる醜い天皇を見ることを肯んじなかったのである。それはまた、国民を戦争に駆り立て、戦後はいちはやくアメリカを受け入れて身の安全をはかる指導者たちへの抗議でもあった。

一九七三年の作品である。

一九二九年（昭和四）—。東京生まれ。東京大学医学部卒。精神科医となる。一九五七年にフランスに留学する。一九六八年「フランドルの冬」で注目され、一九七三年に「帰らざる夏」で谷崎潤一郎賞を受賞した。代表作に「宣告」「湿原」「永遠の都」「雲の都」などがある。

「帰らざる夏」は、一九七三年に講談社より書き下ろし長編として刊行された。講談社文芸文庫などに収録。

堀田善衛 「審判」その一

……軍曹はその頃一等兵だった私に、この老婆の処分を命じた。私は老婆を釈放してもよかったのだ。しかし、これほどの……。私は咄嗟に殺す決心をした。

……軍曹のもっていた拳銃をとり、後頭部と心臓を射ち抜いた。心臓を射ち抜いたその瞬間、老婆がむき出しの、水に濡れた両脚を、ぎゅっと曲げた。私と他の兵とで、この老婆をかついで行って、穴に捨てた。

……穴のなかで、老婆はさかさまになり、両脚を〝く〟の字型に曲げたまま、凝っと穴の上を。つまり私を凝視していた。

恭助は一九三九年から四一年までと、四二年から敗戦の時まで、二度召集されて中国大陸で過ごした。大陸では自分の手で中国人の男や女を殺した。戦闘で殺したのとは別に六人は殺した。敗戦で復員する直前になって、こんな自分が何事もなかったように、このまま内地の日常生活にもどることができないという思いが強まり、集中営を脱走した。中国をさまよって浮浪者になる直前に憲兵に逮捕された。

帰国後の恭助は神経症に苦しみ、銀行もやめ、妻とも離婚した。自分の存在感がたしかでなく、外部世界も朦朧として、感情が麻痺し、記憶もうすれ、まったく無口になった。離人症といわれる症状であった。

ところがある日「突如としてこの灰色の輪廓のぼやけた世界の奥の方から、ある一つの、きめつけたように輪廓も遠近の距離感も明確な光景が襲いかかって来た」。

そして、恭助の脚が突然「く」の字に拘攣した。両脚を「く」の字型に曲げて動かなくなったのである。

整形外科に半年ほど入院したが変化は見られなかった。神経科にうつって一年、心理療法によって、はじめて症状は好転した。

戦争は無数の犯罪を生み、多くの人々の魂を破壊する。しかし、人々は戦争の記憶を隠蔽し、何事もなかったかのように、日常生活の些事に埋もれていく。

恭助に老婆の処分を命じた経師屋出身の軍曹は、面白半分に老婆を襲って、強姦をし、水道のホースを局部につっこんで下腹部の膨れ上るのを見て楽しんでいたのである。

恭助が住所を探し求めて訪ねると、この経師屋は子どもが四人いて、一生懸命に仕事をしていた。そして「おれは経師屋だ」と繰り返すばかりだった。河北画伯の仕事もしていて見事な職人だった。

この経師屋にあのような無残なことをさせたのは何か。戦後一四年たって、戦争の無数の犯罪は暗闇に隠蔽されて、日本は戦後復興を成しとげた。米ソ対立は激化し、いつ核戦争がはじまってもおかしくない状態だった。

戦争の記憶を暗闇に沈め、対米従属を強めて得られる繁栄はニセの繁栄ではないか。日本人の道徳は麻痺し、家庭は崩壊して、人々はバラバラになり、精神分裂的狂騒を激化させていた。

この日本に広島に原爆を投下したアメリカ人飛行士がやってくる。安保反対のデモは国会に押し寄せて警官隊と衝突し、多数の負傷者を出した。恭助は天皇に面会しようとして宮内庁に押しかけた。

堀田善衛は現代の狂騒と混乱の根底にある虚無と暗黒の根源に迫り、新しい人間再生の可能性を探ろうとした。


「審判」は、一九六〇年「世界」に連載された。集英社文庫に収録。

堀田善衛「審判」その二

わたくしは、出来れば、この世の中を、たすけたいと思います。世界が、ぜんぶ、北極になっては、いけないでしょうか、いいえ、どうでしょうか。人間はいなくてはならないのでしょうか。どうでしょうか。いなかったら、雪と氷の、あの、北極で。……いいえ、間違い、ました。わたくしは、けっきょく、なんでも、どうでもよろしい、と思いましたが。恭助サン、あなたは、わるい、人です。なんでも、どうでもよろしいという思想をもって、人は、働いて行くことが、出来ませんのです。それを回復したいと、思って、わたくしは、日本へ、来ました。ところが……」

中国の老婆を殺害した恭助の告白を聞いたポール・リボートのたどたどしい日本語である。ポールは四一歳、広島に原爆を投下したB29の乗組員だった。

「この夜飛ぶ人々の、主が守りによりて安らかに、また帰路を全からしめられんことを。」と従軍牧師のイエス・キリストの名による祝福を受けてテニアンを飛びたち、無事任務をはたして帰投したのだった。

当時の彼は他の隊員たちと同様に自分の行為を疑わなかったが、二年半ほどしてから、重い疑いが襲いかかって来た。

広島は一瞬で破壊され、すべての人間の生命、生活と文化と歴史がうばわれて、北極の荒涼たる無人の氷原と同様な廃墟と化した。しかし、神と文明の名においてなされたこの破壊と殺戮は、神も、文明も裁くことができなかった。

彼は裁きがないことに苦しみ、虚無の心を抱いてさまよう「例外の人」となった。文明、神と人間に対して、根本的な疑惑を抱き、世間と交わりができずに、絶対的な孤独に苦しむことになった。

妻と離婚し、精神病院で暮し、極北のグリーンランドへ通う輸送機運航の仕事に従事していて、出教授と出会い、日本に渡航する決意をした。

彼は恭助とちがって自分が殺したものの顔も姿も、何も知らなかった。具体的な殺人の自覚、罪の感覚はなかった。アメリカでの最終判決は、判決がないということだった。しかし、あの巨大な破壊と殺戮が罪でなく罰がないとしたら、この世は何をしてもいい、虚無の世界になってしまう。

彼は審判を求めて日本に向かう。日本に行き、広島の地を踏めば、具体的に罪を自覚し、裁きを受けて、新しい生活を回復することができるのではないか。

しかし、日本も虚無と混乱の頽廃が支配していた。彼は写真で見た出教授の長女雪見子を日本のシンボルとして憧れていたが、新劇の女優で、花山外相との関係が公然と知られている彼女の生活は荒廃し、頽廃していた。

河北画伯の原爆の絵を見たポールは狂乱し、一人で広島に行き、橋姫の能面をかぶって「ワタ……クシハー……オニー……デスー……」と叫びながら彷徨し、平和大橋から落ちて死んだ。

一九五九年一一月、米ソ対立で核戦争の危機が切迫し、安保改定阻止の統一行動がはげしくたたかわれている時代のことである。

明治のはじめに生まれたお婆ちゃんは、血を流してたたかう学生たちの運動は、自由民権運動からつづくたたかいだと言う。作者もそこに日本の未来を見ようとしているようだ。

この作品は一九六〇年、安保闘争の最中に『世界』に連載された。


堀田善衞全集、集英社文庫など。

太宰　治「たずねびと」

空襲警報なんかが出て、上野駅に充満していた数千の旅客たちが殺気立ち、幼い子を連れている私たちは、はねとばされ蹴たおされるようなひどいめに逢い、とてもその急行列車には乗り込めず、とうとうその日は、上野駅の改札口の傍、ごろ寝ということになりました。

太宰治は終戦の年、東京三鷹で空襲にあい、甲府の妻の実家に疎開するが、そこも七月六日の空襲で全焼し、青森の実家に避難する決心をして、五歳と二歳（数え年）の子どもを連れて甲府を出発した。

下の子はまだ乳飲み子だった。母体の栄養不良で発育がわるく、母乳の出がわるくてひいひい泣き通しだった。上の子はひどい結膜炎で、薬をささないと目が開かなかった。

列車は身動きできないギュー詰めで、いつ空襲で運行停止になるかわからず、甲府から青森まで子連れの旅をするというのは無謀に近いことだった。

甲府から新宿へ、新宿から上野、そしてその日のうちに青森行きの急行列車に乗り込んで、青森から金木まで支線をのりついで行く。順調にいって三日はかかるのだ。その急行列車に乗れずに短距離の普通列車を乗り継いで行けば、どれほど時間がかかるかわからない。

仙台には知人もいたが、空襲で焼けて、たよることもできない。すでに機動部隊が接近して艦砲射撃をはじめていた。上野にごろ寝した夜、青森も空襲で焼かれた。青森県全県の鉄道が不通との噂もあり、いつになったら津軽の果の故郷へたどり着く事ができるやら、まったく暗澹たる気持だった。

東北本線で行くのは無理と思い、日本海側をまわって行こうとしたが、用意した三日分の食糧も腐敗して、おにぎりは納豆のように糸を引き、蒸しパンは皮がぬるぬるして食べられない。乳飲み子のミルクもつくれず、まさに飢えた難民だった。

ぼろぼろの身なりで、眼病の女の子と、痩せこけて泣き叫ぶ男の子、「まさしく乞食の家族に違いなかった」。親は煎り豆をかんで飢えをしのいでも子どもは我慢できない。

「おい、戦争がもっと苛烈になって来て、にぎりめし一つを奪い合いしなければ生きてゆけないようになったら、おれはもう、生きるのをやめるよ。」と言っていたのだが、「その時」がいま来たように思われた。

「もう、この下の子は、餓死にきまった。自分も三七まで生きて来たばかりに、いろいろの苦労をなめるわい、思えば、つまらねえ三七年間であった」などと思ったりするうちにも、下の男の子が眼をさまし、むずかり出した。

「蒸しパンでもあるといいんだがなあ。」と絶望の声をあげたとき、「蒸しパンなら、あの、わたくし、……」と若い女性の声がして、たくさんの蒸しパンが包まれているらしいハトロン紙の包みが、膝の上に載せられた。赤飯と卵の包みも積み上げられた。そして、一言の礼を言うひまもなく、その若い女性は仙台駅でおりて行った。

そのお嬢さんに逢いたい。逢って、一種のにくしみを含めて「お嬢さん。あの時は、たすかりました。あの時の乞食は、私です。」と言いたい。

作中にこの言葉を太宰は三度もくりかえしている。罹災者の現実は作家のプライドを容赦なく砕いたのである。

この作品は一九四六年一一月の『東北文学』に発表された。

一九〇九年（明治四二）―一九四八年（昭和二三）。青森県金木村生まれ。東京帝大仏文科中退。井伏鱒二に師事。在学中、左翼運動に関係するが挫折。戦後、坂口安吾、織田作之助らと無頼派として活躍。一九四八年に、玉川上水に入水自殺。代表作に、「晩年」「走れメロス」「津軽」「斜陽」「人間失格」など。

「たずねびと」は、一九四六年に『東北文学』に発表された。「太宰治全集8」（筑摩書房刊）に収録。

開高　健「青い月曜日」その一

翌日は雨だった。一日中、市内を歩きまわると、全身が油くさい、粘っこい、煤けた水でどろどろになった。空襲のあとでは黒い雨が降るものだということをはじめて知った。天王寺駅の陸橋にたつと地平線が見えたのでおどろいてしまった。見わたすかぎり赤い荒野であった。煉瓦壁、煙突、工場の鉄骨などがところどころにのこっているほかは瓦と石だけしかなかった。膿みに膿んだ苔の大群のような屋根のひしめきはどこにもなかった。なにもなかった。すべて消えてしまった。

一九四五年三月二九日、B29の大阪大空襲の翌日のことである。焼き尽くされた大阪の街を歩きまわると、いたるところにおなじものを見た。「路上にとまった鉄枠だけの電車。女の髪のように這いまわる電線。壁だけになった公会堂。コンクリート床だけになった市場。空地や学校の南天体操場に積みあげられた焼死体。からっぽの防火用水槽。死体でいっぱいの貯水池。つぶれた防空壕からとびだしている手。」

学校の校庭か雨天体操場にはきっと死体がならべてあった。戸板、むしろ、トタン板、毛布などに死体は寝ている。「死体はいずれも黒く焦げ、手足をちぢめ、背を曲げ、叫ぶ口をひらいたままになっていた。男のも、女のも、みな赤ン坊のようだった。眼がとけ、鼻が砕け、つぶされ、ゆがみ、眉をしかめているのもあれば、怪訝《けげん》がっているようなのもあった。」

一年前に動員令で狩り出され大阪の方々で防空壕や貯水池を掘ってまわった。しかしいまそれらは死体でいっぱいで、一年間の苦闘はまったく力の乱費にすぎなかったようだった。それどころか、それが人々に安全の錯覚をあたえ、死の原因になったのではないか。

いまは大阪の南郊にある竜華操車場で、全国から集まる貨物列車の入れ替え作業に動員され、毎日のように艦載機の攻撃を受けながら、全国の駅名を暗記し、危険な突放作業などに懸命だった。

「そういうことは三月二九日にB29の大空襲があった翌朝に、すべて〈アホみたいなこと〉になってしまったのである。」と作者は書いている。

「油脂焼夷弾、黄燐焼夷弾、エレクトロン焼夷弾、一トン爆弾、通称〝モロトフのパン籠〟が何百個、何千個となく暗い空から川のような響きをたてておちてきて、夜があけたら大阪は岩の芯から赤くなり、熱くなり、いがらっぽくいぶっていた。『斜里』（北海道の駅名）

も『薩摩川尻』（鹿児島県の駅名）もあったものではないのだ。」

鉄道網が破壊されたためか、五月には和歌山の山奥に移動を命じられ、山腹に横穴の火薬庫を掘った。六月には操車場の近くの八尾の飛行場に作業に行ったが、飛行場には飛行機は一台もいなかった。作業というのは滑走路に繁った雑草を刈り、イモ畑を作ることだった。サツマイモからアルコールをつくり、飛行機を飛ばすというのである。

無力感と頽廃が国中を支配した。食糧難は市民の生活を脅かした。農家に衣類を持参して米やイモにかえたが、飢餓が次第に迫ってきた。福井から出てきて、苦闘の末に一家を成した祖父は叔母、妹とともにみじめな姿で疎開して行った。

母は水のような涙を流し、虫のように泣いたが、中学生たちはこの戦時下の現実に対する愛を嘲笑で表現し、洒落や冗談、ユーモアでみじめな日々に対抗した。

この苦難の日々を生きた若い生命のエネルギー、ドライな逞しさが、開高の文学を養った。一九六五年、『文学界』に連載された。

開高　健　「青い月曜日」その二

闇市はとつぜん出現した華麗で兇暴で脂肪にみちた苔の群れであった。けれど私は盗むか殺すかするよりほかにそこで売られているものを手に入れることはできない。毎日のように私は人を殺すことを考えた。空腹になりさえすると人を殺すことを考え、空腹でないときはなかった。人を殺すことを考えていると、ほかの何を考えるよりも私は力にあふれ、空腹を忘れることができた。

戦争中は勤労動員の日々を送り、中学三年の夏に終戦を迎えた。戦後の生活は戦争中より苛酷だった。闇市ができて、栄養のある食物が氾濫したが、戦争中は一人もいなかった餓死者が出るようになった。

母子家庭の「私」は弁当を持参できず、昼食時にはそっと席をはずして友人に知られぬように水だけを飲んで過ごした。恥辱を感じ、それを気づかれまいとして孤独であった。戦争中はだれもが同様に貧しかったから、恥辱も孤独感じなかった。このように不公平で非道な競争、弱肉強食の争闘はどこにもなかった。

地下鉄の構内で浮浪者がふらふらと倒れて死ぬのを目撃して、餓死を強いるものに「憎悪」の感情が芽生えた。

食べるものは少量のイモしかなく、食べおわると、食べるまえよりもさらに疼痛そのものの激しい飢餓感におそわれた。「私」は寝ころんで、想像のなかで大男（アメリカ兵）、金持、闇商人、軍人、政治家、天皇、ヤクザ、百姓、すべて私を苦しめる人間を殺しにかかった。薄明のなかで「私」は軍隊を持たぬ独裁者であり、孤独な巨人だった。

私が両手をうちあわせるとハエのように東条英機氏が粉砕された。ロビン・フッドや鼠小僧次郎吉になりたいと全身で思いつめることがあった。東条をすりつぶす場面がもっとも精細に迫力を持って思い描かれた。

「鬼畜」米英人は人道主義者で真の解放者だったと教えられ、特攻隊の青年たちはだまされて死んでいったのだとも教えられた。「美しく死ぬことは美しく生きることである。諸氏よ、奴隷の平和より王者の戦争をこそ！」と書いていた批評家が、「いまや私たちは人一人の命が地球一箇と同重量にあることを知る秋である」と書いて、柏手を送られていた。天皇は人のいい、だまされやすく涙もろい、ただの人間だということになった。

戦争の時代を生きた少年は激しく転変する時代に翻弄され、いまはどんな美しい言葉も信ずることができなかった。学校に通うのをやめて、パン工場ではたらいた。物を作る労働はたしかだった。給料をもらって闇市に行った。金は絶対にすばらしかった。

巷には復員してきた元特攻隊員たちが同じような恥辱と憤怒と復讐の激情を抱いてヤミ商売にかけまわっていた。「私」はパン屋をやめ、町工場で働き、特攻帰りといっしょに闇屋の仕事をしたりしたが、いらだたしさと孤独の感情に苦しんだ。

この空虚な心をまぎらすために受験勉強で心身を消耗させ、旧制高校に入学するが、一年で学制改革のために新制大学にかわった。大学は戦争中は軍の施設になり、戦後は米軍に収用されたために、授業は三つの小学校に分散して行われた。

何もかも激しい速度で変わっていく。アルバイトの内容も変わった。その時限りのヤミ経済の中にあたらしい産業の胎動が見えて来た。

作者自身をモデルとするこの作品は、あの戦後の激しく変わる時代を生きる若者の生活と思想、絶望と怒りと希望をはっきりと描き出している。

一九三〇年（昭和五）―一九八九年（平成元）。大阪市生まれ。大阪市立大学法学部卒。寿屋（現・サントリー）に入社、コピーライターとして活躍。一九五八年「裸の王様」で芥川賞受賞、作家活動に専念する。戦時下のベトナムに赴き、「闇」三部作ほこの体験をもとにしている。熱心な釣師としても知られる。

代表作に「日本三文オペラ」「ロビンソンの末裔」「ベトナム戦記」など。「青い月曜日」は一九六五～六七年『文学界』に二五回連載、六九年に文芸春秋より刊行された。文春文庫に収録。

島尾敏雄「出発は遂に訪れず」

もし出発しないなら、その日も同じふだんの日と変るはずがない。一年半のあいだ死支度をしたあげく、八月十三日の夕方防備隊の司令官から特攻戦発動の信令を受けとり、遂に最後の日が来たことを知らされて、こころにもからだにも死装束をまとったが、発進の合図がいっこうにかからぬまま足ぶみをしていたから、近づいて来た死は、はたとその歩みを止めた。

島尾敏雄は九州大学法文学部を一九四三年九月に繰上げ卒業、海軍予備学生となり、四四年一〇月に人間魚雷の特攻要員として第一八震洋隊（隊員一八三名）の隊長となって、奄美諸島加計呂麻《かけろま》島に赴任した。

特攻発進の信令を受け、待機の体制にはいりながら、ついに出撃することなく八月一五日を迎えた体験を描いた一九六二年の作品である。

生きてもどること考えられない突入をその最後の目的として、毎日、準備を積み重ねてきたのだった。しかし、心の奥では、「その遂行の日が割けた海の壁のように目の前に黒々と立ちふさがり、近い日にその海の底に必ずのみこまれ、おそろしい虚無の中にまきこまれてしまうのだと思わぬ日とてなかった」のである。

その最後の日と思われた一夜が出撃命令が出ないままに過ぎて八月一四日を迎えた。なにかはぐらかされたような不満と、緊張した不眠の一夜のあとの倦怠があった。

即時待機は解かれなかったが、一日も欠かさずやってきていた敵の飛行機はやってこなかった。一四日の夜も防備隊からの連絡は来ず、すべてふだんの日課にかえしてすませた。前の晩に起ったことは実際の出来事とも思えなかった。

そこに各派遣部隊の指揮官は一五日正午防備隊に集合せよという指令が来た。必要なら内火艇をむかえに出してもいいというのである。敵の集中攻撃を受け、特攻艇が出撃するという情勢にあるとは思えない指令だった。「そら、死にに行け、とけしかけたあと、なんだそんなに受難者の顔付をするなと言っている」ように思われた。

翌朝、目が覚めると、八月一五日の太陽は高く上り、隊員たちの日中の畑仕事も中だるみに来ていた。今日も敵の飛行機は現われぬようだった。何か決定的な変化が戦局の上に現われて来たのではないか。作戦の谷間にはまりこんでこの島は見離され、敵艦に突入して死ぬという目的は実現されないかもしれない。未知の未来に対する期待が生まれたが、同時に失望も感じた。

隊を出て防備隊の方に歩いていくと、次第に解放感を感じ、一羽の小鳥になった思いがした。住民たちは自信に満ちて農作業をしており、自然は美しかった。自由だった子どものころがしきりに思い出された。そして、防備隊では終戦の詔勅がでたことを聞かされる。特攻参謀は決して思いつめて単独でやらないようにと念を押した。停戦を肯んじず、決起して突入することをおそれていたのである。

情報は大分にいた特攻司令長官が詔勅のあと八機を従えて沖縄島の中城湾に最期の特攻突入をかけたことを伝えていた。それは「私」に強い衝撃を与えた。しかし、「私」は集合した隊員に「終戦の詔勅が下った以上、それに従わなければいけない。決して個人的な感情で軽々しい行動に出てはいけない」と防備隊の指令を達した。「栄光の死」を目的とする生涯はおわり、未知の現実を生きる苦難の日々がはじまったのである。

一九一七年（大正六）―一九八六年（昭和六一）。横浜市生まれ。九州帝大法文学部文科卒（東洋史専攻）。海軍予備学生となり、海軍少尉に任官する。特攻目的の魚雷艇の隊長となり、奄美群島加計呂麻島に赴任し終戦を迎える。神戸に復員後、作家活動に打ち込み「単独旅行者」「夢の中の日常」などで注目される。東京移住後、妻の精神的変調により、家庭内の葛藤に直面し、それをテーマとした連作「死の棘」が書かれた。他の作品に、「日の移ろい」「魚雷艇学生」などがある。
「出発は遂に訪れず」は一九六二年（昭和三七）、『群像』に発表された。新潮文庫、講談社文芸文庫（『その夏の今は・夢の中の日常』）、岩波文庫（『日本近代短篇小説選　昭和篇』3）に収録。

吉田　満「戦艦大和の最期」

帝国海軍部隊ハ陸軍ト協力、空海陸ノ全力ヲ挙ゲテ、沖縄島周辺ノ敵艦船ニ対スル総攻撃ヲ決行セントス

皇国ノ興廃ハ正ニ此ノ一挙ニアリ

ココニ特ニ海上特攻隊ヲ編成シ、壮烈無比ノ突入作戦ヲ命ジタルハ、帝国海軍カヲ此ノ一戦ニ結集シ、光輝アル帝国海軍海上部隊ノ伝統ヲ発揚スルト共ニ、其ノ栄光ヲ後昆ニ伝エントスルニ外ナラズ　（「後昆」は後の世、子孫の意）

吉田満は一九二三年一月に東京で生まれた。東京帝大法学部在学中、一九四三年一〇月の学徒出陣により海軍予備学生となり、四四年一二月に海軍少尉として戦艦大和に勤務した。「外舷ヲ銀白一色ニ塗装セル『大和』、七万三千瓲ノ巨体ハ魁偉ナル艦首ニ菊ノ御紋章ヲ輝カセ不動磐石ノ姿ナリ」という不沈の巨艦は、しかし、すでに時代遅れの役立たずだった。

三月二九日、駆逐艦数隻を従えて呉軍港を出港し、四月六日午後四時、沖縄に向けて出

動したが、翌日正午過ぎから敵航空機の襲撃を受け、午後二時二三分に轟沈した。

冒頭文は四月六日の出動に際して発せられた聯合艦隊司令長官よりの壮行の詞であるが、作者はこれに「美文ナリ」という一語を付している。

護衛する航空機はなく、対空兵器は米軍機の高速に対応できず無力であった。圧倒的に優勢な敵機動部隊の攻撃にさらされて、到底沖縄まで行きつけるとは思われなかった。

士官室では青年士官のはげしい論争がつづいた。敗戦は必至であった。何のための出撃か。いかにして日本は敗れるか。我らの死は何ゆえの死であり、いかに報いらるべきか。

兵学校出身の中尉、少尉は「国のため、君のために死ぬ。それでいいじゃないか。それ以上に何が必要なのだ」と言い、学徒出身は「だが一体それは、どういうこととつながっているのだ。俺の死、俺の生命、また日本全体の敗北、これら一切のことは、一体何のためにあるのだ」と色をなして反問した。

この鉄拳、乱闘にまでおよぶ論争を制したのは臼淵大尉の言葉だった。「進歩のない者は決して勝たない。負けて目ざめることが最上の道だ」「俺たちはその先導になるのだ。日本の新生に先がけて散る。まさに本望じゃないか」

破滅する日本のシンボルとしての『大和』と運命をともにするしかない海軍士官たちは、この言葉にわずかに自分の死の意味を見出したが、彼らは二一、二二歳の独身のエリート将校だった。結婚したばかりの下士官や、召集された子持ちの老兵たちは、それぞれのくらい心で、破滅に向って直進する時間を生きた。

そして、最後のときが来た。何度も何度も波状攻撃をくわえられ、雷撃で艦は傾斜して行動の自由をうしない、敵編隊のなぶりものになって、満身創痍、よろめきながらはげしい銃爆撃を受けた。艦内は無残に破壊しつくされ、戦死者、負傷者が続出した。

作者は悲惨な戦闘場面を文語文で活写している。聯合艦隊司令官の美文に対して、これも、破滅する『大和』とその乗組員のたたかいを悲劇として描き出す美文であった。

司令官は全員上甲板に集合を命じ、作戦終了を宣した。かくて生存者は海中に漂流して、少数が救出されたが、三千のむくろは徳之島の沖合の水中に没したままである。

作者は奇跡的に救出され、九月に復員した。戦後まもなく書かれたこの作品は、検閲のために刊行できず、一九五二年、講和発効後にはじめて本来の内容をもって発刊された。

一九二三年（大正一二）—一九七九年（昭和五四）、東京生まれ。東京大学法学部卒。一九四四年に海軍少尉に任官され、一二月戦艦大和に副電測士として乗艦。四五年四月、沖縄に向けて出動中、米航空機の襲撃を受け轟沈。奇跡的に生還する。戦後、日本銀行に入行。
他に『臼淵大尉の場合 進歩への願い』『散華の世代』『提督伊藤整一の生涯』など。『戦艦大和の最期』は河出書房新社刊、角川文庫、講談社文芸文庫など。

渡辺　清　「戦艦武蔵の最期」その一

僕はこれから〇〇〇方面の戦場に向かひます。噂によると、相当の激戦が予想されます。ですから今度は僕も恐らく生きて帰れないかもしれません。でも僕はそれで本望です。僕は今日までこの日の来るのを今か今かと待つてゐました。そしてその日がたうとう来たのです。此の上は粉骨砕身、天皇陛下の御為に立派な働きをする心算でをります。

作者渡辺清は一九四一年、太平洋戦争開始直前に一六歳で志願し、水兵として海軍に入った。敗戦までの四年余をほとんど前線の艦隊勤務で過ごし、一九四四年一〇月には撃沈された戦艦武蔵に乗り組んでいた。このとき一九歳、兵長だった。

一水兵として直接戦闘に参加した者には自分の部署以外のことはわかりにくい。いろいろ仲間から聞いた話や、調べたことによって、戦闘の全貌をできるだけ客観的に描き出そうとしている。

冒頭文は出撃の前夜に書かされた遺書の一節である。人一倍苦労性の母を思いやって、どう書くかに悩んだが、「スッパリと、潔いところをみせて、両親を納得させてやったほうがいい」と考えて、便箋四枚に、一行あきにとばして、字もなるべく大ぶりに書いた。いろいろな思いはあったが、検閲があるので、そういうことは一切心の底にたたみこんで、文面には出さなかったという。

二七年もたって一九七一年に朝日新聞社から刊行されたこの作品は、事実そのままの記録とは言い難いかも知れないが、襲いかかる敵編隊に対する恐怖、敵機の攻撃のはげしさと執拗さ、正確さ、真正面から迫ってくる敵機に向って、無我夢中で機銃を発射しつづけた異常な興奮など、苛烈な戦闘を自ら体験して、奇跡的に生き延びた作者でなければ書けないものだった。

このときは、まだ大和も長門も健在で、出撃艦艇は戦艦七隻、重巡洋艦一一隻、軽巡洋艦二隻、それに駆逐四艦一九隻を加えた計三九隻だった。一〇月二二日、ブルネイ湾を出てレイテに向う艦隊は、二日目の早朝、はやくも潜水艦の魚雷攻撃を受け、僅か二〇分ぐらいの間に旗艦の重巡愛宕と摩耶が撃沈され、他の一隻が大破した。

その翌日（二四日）、敵機動部隊によるの波状攻撃を受けた。艦隊中一隻だけ白く塗った武蔵は集中攻撃を受けて航行不能になり、やがて沈没する。

まず雷撃機が魚雷攻撃をおこない、ついで急降下爆撃機が襲いかかる。そして戦闘機が急降下して銃撃を加える。

　昨夜「死ぬばかりが能じゃない、大事なことは最後まで生きぬくことなんだ」といっていた群指揮官の星山中尉が指揮塔で、突っ込んできた敵機の銃弾をまともに胸に受けて倒れ、一番先に死んでしまった。次に酒井一水（一等水兵）がやられた。

　酒井は豆腐屋だった。年は四一で、一五をかしらに五人の子持ちだった。今年の一月の召集組で、横須賀海兵団で三ヵ月の速成教育をうけたのち、四月に武蔵勤務になった補充兵だった。兵隊のほうは性にあわないけど、これで、豆腐を作らせたらうまいもんですよと言っていた。

　酒井の左の胸ポケットには、赤い布のお守り袋といっしょに、手札型の家族の写真が入れてあった。母親に抱かれたまだ二つくらいの女の子は、縫いぐるみの大きな人形をかかえて、うれしそうににこにこ笑っていた。いまこの瞬間、父親のうえになにが起こったのかも知らずに……。

渡辺清「戦艦武蔵の最期」その二

敵機はこんども雷撃機を先頭に、艦の針路をたくみに牽制しながら突っこんできた。まるで血にかつえた禿鷹のように、執念ぶかく両舷から同時に襲いかかってきた。艦をめがけて四方から殺到する魚雷と爆弾、あたりをつんざく砲声と爆音、海と空の厚みをふさいで安々とたちこめる硝煙。水柱は乱立し、噴き、崩れ、そしてまたあとからあとから空をついて噴き上がった。

この作品は〈おれ〉という一人称で語られている。真正面から襲いかかる敵機に恐怖が全身を駆け抜けるが、機銃射手として、引き金を踏みしめ、恐怖も何もいっしょくたに溶かしこむようにぶちこんで、無茶苦茶に撃ちまくった。

銃尾の堀川たちは弾倉を絶やさず補給し、旋回手の星野も機敏に正確に銃架を目標につけてくれた。全員一致して夢中で銃弾をたたきこんだが、敵弾はつづけざまに炸裂した。星野が被弾したが、新手の敵が後から後から襲いかかり、かえりみる暇もなかった。

敵が去って駆けよってみると、傷は腰と左の胸の二カ所、胸のところは肩口から胸のところは肩口から裂けて、ぶよぶよに崩れた肉のあいだから血が湧くようにたれていた。治療所に運び込んだが、ものの十分とたたないうちに、息をひきとってしまった。

星野は過酷な訓練やしごきをいっしょに受けて来た同期の志願兵だった。信州松本在の金物屋の長男で、商業学校を卒業した翌年、一八歳で家中の反対を押し切って海軍に志願したという。

年が多かったので、同年兵は星野を中心にかたまり、お互いにかばいあいながら下士官や古参の兵長たちの圧迫から自分らを守ってきた。第三次攻撃の直前にも、「いいか、稲羽、杉本、矢崎、死んじゃ駄目だぞ。みんなここまで一緒に生きてきたんだからな。最後まで生きようぜ」とみなを励ましていたのだ。

「星野の……馬鹿野郎……なぜ死んだ……畜生、畜生……」杉本はのどの奥からしぼりだすような声でうめき、稲羽は嗚咽をおさえてあごをふるわせた。

しかし、やがて襲ってきた第四次攻撃で、杉本も稲羽も死んだ。歌が上手でお嬢さんと呼ばれた稲羽は直撃弾を受け、蛇腹のきれた防毒面と膝から下の片足が一本残しただけで吹っ飛んで、影も形もなくなった。

ひょうきんな杉本は両足の膝から下をもぎとられ、機械仕掛けのダルマのように、一つところをおどり狂っていたが、やがて死んだ。

学生時代に思想運動に関係した前歴がたたって下士官になれず、「万年さん」とか「赤万さん」などとからかわれた深谷兵長も、初年兵時代に過酷な制裁を加えておきながら、いよいよとなると逃げ隠れした倉岡兵曹も死んだ。

第四次攻撃で壊滅的打撃を受けて航行の自由をうしなった戦艦武蔵は、死にかけた獲物におそいかかる禿鷹のような第五次集中攻撃でついに沈没する。

「総員退去ッ!」「生存者は急げッ!」の声が響きわたる。自分で歩けない負傷者たちは置き去りにされるのだ。足をやられて動けない一六歳の伝令村尾は「こわい、こ、こわい、ね、いっしょに連れてって……」とすがりついて来た。置き去りにすることもできずおぶって上甲板に上がろうとしたが、ふとしたはずみに波にさらわれて行方がわからなくなった。

戦艦武蔵の最期は、日本中からかりあつめられた、喜び悲しみをともにし、あくまでも生きようとした兵士たちの無残な最期だった。

一九二五年（大正一四）—一九八一年（昭和五六）。静岡県生まれ。一九四一年高等小学校卒業後、海軍に志願。四二年戦艦武蔵に乗り組み、マリアナ、レイテ沖海戦に参加する。四四年武蔵は沈没するが、奇跡的に生還する。戦後、戦争責任を追及し、日本戦没学生記念会（わだつみ会）事務局長を務める。他の作品に「砕かれた神　ある復員兵の手記」「海の城—海軍少年兵の手記」など。

『戦艦武蔵の最後』は、一九八二年に、朝日選書として刊行された。

阿川弘之「雲の墓標」その一

午前の飛行作業で、自分が降りて来たあと、藤倉は第三回搭乗、六番機で出発したが、離陸してすぐ、頭をあげすぎ、失速して、あっという間に左翼から墜ちた。かけつけたときには、彼の顔に操縦桿がめりこみ、眼玉はふたつとも唇の横までぶらさがって、後頭部は割れて白く、血もろくに出さずに死んでいた。


吉野次郎の日記に藤倉晶《あきら》の手紙を組みあわせた作品である。

吉野は藤倉、坂井、鹿島とともに京大の国文科で万葉集を学び、一九四三年一二月、学徒出陣で大竹海兵団に入団した。翌年二月一日、第一四期海軍予備学生を命課され、藤倉、坂井とともに土浦海軍航空隊で訓練を受け、出水、宇佐の航空隊で飛行訓練を受けた。鹿島は一般兵科で横須賀の武山海兵団に入団した。

予備学生は海兵出身者から差別待遇を受け、修正と称して苛酷な制裁を受けた。吉野はこんな海軍に反感をいだき、死ね死ねと教えられることに、戦争をやりとげることが目的なのか、自分たちを殺すことが目的なのかと、古くさい精神主義に反撥した。

しかし、海軍飛行将校としてつねに眼のまえに立ちふさがって来る黒い死の影と対決することを求められ、きびしい訓練を受けるうちに、進んで自己を改造せねばならぬと思うようになった。吉野は夢の中の神がかり的な経験に感動し、坂井は「天皇に帰一し奉る」ということの深い意味がわかって来たなどといい出した。

戦況は日に日に悪化していた。サイパンは玉砕し、フィリッピンで敗退し、沖縄では激戦がつづいた。武蔵や大和は撃沈され、空母も全滅だった。熟練飛行士はほとんどすべて戦死し、飛行機もガソリンも底をついた。ガソリンがないために飛行訓練は中止され、質の悪い代用ガソリンの到着を待って再開されるありさまだった。」

この絶望的状況で特攻攻撃が行われ、大本営は大戦果を発表しつづけたが、海軍将校の端くれである吉野たちには戦争の実態がいくらかわかっていた。はらってもはらっても疑念が生じたが、吉野はそれを雑念としてはらおうとして苦しみ、自己の死を、祖国のために充分意義あるものとするために、自分自身を一人前の搭乗員にきたえあげようとした。

「俺たちが立ちあがったら日本も盛りかえすぞだとか、立派に死んでみせるだとか、それは、ほんとうに貴様たちの、ぎりぎりの本音か?」と藤倉は吉野や坂井を批判したが、藤倉の心も不安定に揺れていた。

藤倉は日本の敗戦を確信し、こんな戦争で死にたくないと思っていた。しかし、この戦争を生き延びても、敗戦の日本にどう生きたらいいかはわからなかった。敗戦の日本に生きる自分の生存に意味を認めることはできなかった。

生きたいのは臆病風に吹かれているだけかも知れなかった。それでも死にたくない、このいくさに命は投げ出したくない。もし、出撃を命じられたら、なんらかの非常の手段を取って、生きのこる途を講ずべきだと考えていると、藤倉は鹿島宛の手紙に書いていた。

しかし、その藤倉が四人のうちで真っ先に事故で死んだ。「昭和二〇年三月一日午前一〇時二七分ごろ、二五年の生涯を閉じた。」と吉野は日記に記している。

不思議な時代だった。芋を食って笑って死ぬことは繰り返し言われたが、生きのこって日本を再建する方途は、誰からも聞くことができなかった。数年はやく学園生活をおくり、マルクス主義の洗礼を受けていたら、もっと、科学的な見通しを立てる力を持てたろうかと、藤倉は書いている。時代に翻弄され、暗闇にもがいて死んだ短い不幸な生涯だった。

阿川弘之「雲の墓標」その二

「ワレ奇襲ニ成功セリ」
「ワレ突入ス」
「ワレニ天佑アリ。戦艦ニ突入ス」

という風な電報がつぎつぎにはいって来る。どれが坂井機かわからないが、彼も亦立派に突っ込んだにちがいない。あのオンボロ艦攻や艦爆で奇襲に成功したとすれば、まったく天佑というほかないのだ。

三月二四日、敵、沖縄に来襲。三月二六日、慶良間島に上陸開始。四月一日、沖縄本島に上陸、第一〇航空艦隊は菊水作戦への全面突入を下令した。

四月二日、最初の出撃命令が出た。兵学校出身者は一名も加わらず、全員予備士官の編成である。四月三日の夜、第二回特別攻撃隊員の氏名が発表され、四人のなかに坂井の名もはいっていた。T中尉は淡々と「明朝七時出発するから、用意しておけ」と言った。坂井の顔を見ると、電気にかかったように顔、上半身が硬直していた。

四月四日は雨で、坂井の出撃は五日朝になった。一昨晩、あのように硬直してゆがんだ顔をしていた者どもが、けさは実に安らかな、うつくしい顔になっていた。艦攻二三機、艦爆八機。誰も彼も若く、ほんとうに若さにかがやいている感じがした。

しかし、いよいよ出発のとき、機上から見送りのみんなの方を見ていた坂井の頬は、急に泣きそうな表情になった。彼は操縦桿をはなして、いそいで飛行眼鏡をかけてしまった。「其のおもいが、はっきりと、痛く、自分の胸に来た。」と吉野は日記に記している。

宇佐からは次々に出撃していったが、四月二一日の二度にわたるB29の爆撃で壊滅的打撃を受けた。死者二百名に達する被害で、乗る飛行機もなくなり、吉野の出撃は延びた。五月三日、四九日ぶりに外出を許された。なじみの人たちは、「藤倉少尉は？」「坂井さんは？」とたずね、「もうこれ以上貴方がたに死んでもらいたくない。何とかして戦争をおわりにすることはできないんでしょうか」などと言う者もあった。

五月一一日、茨城県の百里原航空隊に転勤になった。途中、大阪に立ち寄ったが、大阪は惨憺たる廃墟と化していた。一年半前、「万歳、万歳」の声におくられて学生服でここを出たときと、何という変りようであろう。市電のなかでは「ほんまに、どないしよる気やろ。しようむないいくさしくさって」などと海軍将校の吉野に聞えよがしにいう露骨な言葉も聞えた。

今度は本土に来襲する米軍に備える任務についたわけだが、五月二五日の東京空襲、五月二九日の横浜空襲は圧倒的な米空軍による日本本土の蹂躙だった。若い命を惜しみなく注ぎこんだ特攻攻撃はそもそも何だったのか。吉野はもう日本の勝利を信ずることはできなくなっていた。

五月三〇日に二五歳の誕生日を迎え、出撃の日を待つ一日一日は死に向って生きる日々だったが、赤い苺にも生命をつよく感じ、これまで無関心だった草花の名前を知ることに喜びを感じた。

七月九日付の両親その他に宛てた遺書が残っている。多分、七月一〇日に延べ八百機で本土各地に来襲した米機動部隊を迎えうって出撃したと思われるが、海軍省からの公報はなく、たしかなことはわからない。

この作品は一九五六年四月、新潮社より刊行された。

一九二〇年（大正九）―二〇一五年（平成二七）。広島市生まれ。東京帝国大学国文科卒。海軍予備学生として海軍に入隊。一九四六年「ポツダム大尉」として、中国から復員、広島に戻る。志賀直哉に師事して小説を書く。第三の新人と交友があった。「春の城」で読売文学賞を受賞した。文化勲章受章。代表作に、海軍提督三部作「山本五十六」「米内光政」「井上成美」など。

「雲の墓標」は、一九五五年に『新潮』に連載された。新潮文庫に収録。

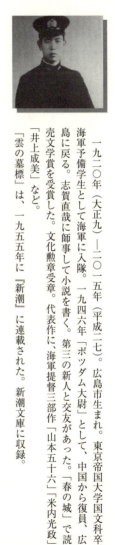

エンジンを止め原爆を投下し、急上昇する――彼らはくり返えし繰り返えし的確な練習を重ねたに違いない。

「ボックス、カー」の急上昇から工場倒壊まで、空襲、の短かい言葉をはさむ間しかない。その間に七三、八八九人が即死した。ほぼ同数の七四、九〇九人が真夏の日照りの中に皮をはがれて放り出された。いなばの白兎と同じだ。

林　京子「祭りの場」その一

一九四五年八月九日一一時二分、長崎市松山町四九〇メートル上空で原爆が炸裂した。爆心地付近の被爆者は原爆炸裂音を殆んど聞いていない。急上昇の爆音は聞いている。

作者は長崎高女三年生で、爆心地から一・四キロの三菱製鋼所大橋工場に動員されていて被爆した。「祭りの場」は若干の虚構はあるが、体験を基礎に、被爆当時のこと、原爆症の実態については正確を期し、記録性が高い。

工場の広場では高等学校の学徒が円陣をつくって踊っていた。仲間が出陣するのだ。踊りは出陣学徒を戦場に送る送別の踊りである。そのころ連日、学徒たちが出陣していった。コンクリートの殺伐な工場広場は彼等の祭りの場になっていた。

彼らの大多数は即死したが、火傷を負って一、二時間生きた者、爆圧でコンクリートに叩きつけられて腸が出た者など、若者だけにうめき声がすさまじかった。逃げる途中声を聞いた友人は、今でも話すとき両手で耳をおおう。

「私」は広場に面した小屋のような廃品再生工場にいた。被爆直後あたりは真暗になった。眼をみひらいているのに何も見えない。気がつくと机の下で身をまるめていた。爆風でとばされたのだろう。一体なぜ自分がこんな状態にいるのか理解できず、暫く倒壊家屋の下にしゃがんだままでいた。

すでに火の手が上がっていた。逃げ出さなければ焼け死ぬ。やっとのことで折り重なった柱や木片を押し退けて自由になると、一目散に逃げ出した。

塀の割れ目から裏の原っぱに出ると、原っぱは閃光で一瞬に消え、被爆者は肉のつららを全身にたれさげて立っていた。その惨状は「怪獣漫画」の群だった。

草つみの幼女はオカッパ頭が半分そぎとられて、頬にはりついていた。ほっかり唇を開いて眼をあけて死んでいた。白い前歯が光って、口もとだけに幼女の可愛さが残っていた。幼女を抱いていた老婆の体は肉がぼろぼろにはがれて、モップ状になっていた。

避難壕をつくる作業をしていた高等小学校の、一三、四歳の女子挺身隊の少女たちもモップ状になって立っていた。肉の脂がしたたって、爬虫類のように光った。小刻みに震えながら、いたかねえ、いたかねえ、とおたがいに訴えあっている。「滅私報国」の日の丸のはち巻きをしめて、ベソをかいていた。

山道を逃げていくと、逃げていく被爆者が被爆のときの恐怖を語りあっていた。逃げながら話せる者は軽傷者である。重傷者でも歩ける者はまだ軽い。山の斜面に身を寄りかけて動けない重傷者、道に倒れたままの者が大勢いる。

皮ふの表面が焼け白い脂肪がむき出ている火傷、因幡の白兎の赤むけに血がにじんだ火傷。血も裂傷もない、全身火ぶくれの重傷者もいる。眼、鼻、唇が連なった一枚の薄皮の内で、白濁した液を溜めてゆがんでいる。電子レンジで魚を焼くと焦げ目がなく、白じらしいがあれと似ている。水泡の部分は常人の二倍に腫れていた。

新じゃがいもの薄皮状の皮を両腕にフリルのように垂れさげている火傷もあった。中学生の学徒が「いたかばい、ああいたかばい」一人ごとを言って金毘羅山に登っていった。

林　京子「祭りの場」その二

春の花　秋の紅葉　年ごとにまたも匂うべし。
みまかりし人はいずこ　呼べど呼べど再びかえらず。
あわれあわれ　我が師よ　我が友　聞けよ今日のみまつり。

昭和二〇年一〇月、一月おくれの第二学期の始業式は追悼会から始まった。舞台正面の壁に被爆死した先生、生徒の氏名がはってある。びっしり書いた氏名は舞台の隅から隅まで伸び、それが五段あった。

生き残りの生徒の半数が坊主頭である。両側に教師と、被爆死した生徒の父母が坐った。読経が始まると、死んだ生徒の母親が耐えられず泣き伏した。生き残った生徒は申し訳なく、母親の鳴咽が身を刺した。

担任教師は教え子の氏名を呼んだ。惜しみながら呼んだ。生き残つた生徒は爆死した友だちのために、追悼歌をうたった。

生き残った生徒たちの幾人かはその後死亡した。結婚し子どもを生み、ある朝突然原爆症で死んだ友人もいる。ながく生きたものはそれだけながく苦しんだのだ。

山道を逃げる途中、買い出しの途中で閃光を見たという二人のおばさんと一緒になった。息絶え絶えになったお化けのような被爆者ばかりのなかで、被爆してない普通の人が妙になつかしかった。

おばさんたちは自分たちの住む松山町は大丈夫だろうと言っていたが、その松山町は爆心地で、褐色の瓦礫の街になっていた。黒いモンペのおばさんは「うちのなかあー」絞る声で腰を折って絶叫し、ばあちゃんの死んだ、ばあちゃんの死んだ、と泣き出した。

被爆距離零から〇・五キロは死亡率九八・四％、即死または即日死亡は九〇・四％、松山町近くのかぼちゃ畑で苦しんでいた重傷者も即日死亡だろう。

被爆から二時間ほどたったころから吐気が始まり、畑の真中で吐いた。白い泡である。吐気は放射線による身体的障害で放射線宿酔だった。

下痢が始まり、畠のこえ壺で用を足した。水状の下痢である。草のしぼり汁の色をしていた。早発性消化器障害である。

学校の近くの下宿は無事だった。疎開先の諫早から母が二五キロの道のりを歩いて迎えに来て諫早に帰ったが、諫早駅はホームに並べた重傷者が皮をむいたマグロを並べているようだった。諫早の町には死者たちが続々と運び込まれ、焼き場への行列ができた。

裏の家の青年も死んだ。無傷で帰って来て「おばさん運のよかった、俺は」と嬉しそうに声をかけたのだったが、二、三日後に発熱し頭髪が脱け、緑便の下痢をして死んだ。

私も髪の毛が脱け、下痢をつづけ、赤い斑点が手首から腕にかけてでき、脚にもできた。膿が悪臭を発し、髪には虱が湧いた。役場の給仕の少女は「おばさん、こんどの爆弾はね、助かって来なっても皆な死んでしまいなっとげなさ。そんげん作ってあっとげなさ、気の毒かね」と言った。

息子を長崎医大の教室で死なせた伯父は八月一五日の放送に「なして、もっと早う言うてくれん」と声の主に恨みを言った。戦争が終っても被爆者の苦しみはつづいた。原爆で死んだのは地獄で死んだのであり、被爆して生き残ったものは、地獄を生きたのだった。私はいまも時どき「春の花　秋の紅葉　年ごとに」とあの時の追悼歌を口ずさむ。

「祭りの場」は『群像』一九七五年六月号に発表され、芥川賞を受賞した。

一九三〇年（昭和五）―二〇一七年（平成二九）。長崎市生まれ。幼・少女期を、父の勤務の関係で上海に移住。一九四五年に帰国し、長崎高等女学校に編入、学徒動員中に被爆した。「祭りの場」で芥川賞受賞し、文壇に登場した。被爆体験や、上海での少女時代などをもとにした作品を発表した。代表作に「ギヤマン　ビードロ」「上海」「三界の家」「やすらかに今はねむり給え」「長い時間をかけた人間の経験」など。

「祭りの場」は、一九七五年『群像』に発表された。講談社文芸文庫『祭りの場・ギヤマン　ビードロ』などに収録。

遠藤周作 「女の一生〈第二部〉サチ子の場合」その一

爆音をきくたび、サチ子には修平ののった飛行機がまぶたに浮ぶのである。

あさがたの基地。

飛行服に身をかためた何人かのなかに修平もまじっている。整列し、司令に敬礼し、そして飛行機に散っていく。それぞれの飛行機はもう準備が終っている。

彼等がのりこむ。

爆音が一段と高くなり、そして合図の旗がふられ、一機また一機、滑走していく。

恋人よ
思いみよ　かの国を
かの国に去っていったのは修平だけではなかった。修平とほぼ同じ年齢の若者が、母や妻や恋人をこちらに残し、かの国に行ってしまった。

サチ子は鎖国時代からの古いカソリック教徒の家に生まれた。

犬におそわれたのを助けたのがきっかけで、アメリカ人のヴァンちゃんやその兄のジムと親しくなり、ミサで顔をあわせたことのある修平とも親しくなった。

修平は活発で大の悪戯者〈やだもん〉だった。四人は大の仲良しになり、空き家になった外人住宅を探検し、そこを秘密の隠れ家にして子猫を飼ったりした。

修平に大人になったらお嫁さんにならんかと言われ、うんと答えたこともあった。それは生涯二度と繰り返されることのない幸福な一時期だった。

一九三〇年四月に赴任し、いつも悲しげな表情を浮かべていたコルベ神父は、一九三六年ポーランドに帰国した。帰国の前日、サチ子は苦しげに坂を上ってくる神父に逢い、しおりのような一枚の聖母の絵をもらった。それには「人、その友のために死す。これより大いなる愛はなし」というヨハネ福音書の言葉が記されていた。

この年一月には日本はロンドンの海軍軍縮会議から脱退した。二月には二・二六事件が起り、三月には長嶺子でソ連軍と日本軍とが衝突した。日本は軍部と国家主義者が支配するいわゆる非常時の渦にまきこまれていった。

日中戦争から対米英の大戦争へと戦争は拡大した。一九四二年三月、純心女学校の制服を着たサチ子は昔のなつかしい廃屋で修平に会い、修平が慶応に合格したことを知らされた。修平は文学をやりたいのだが家族の反対で経済に行くのだと言って、佐藤春夫の『殉情詩集』を読んで聞かせた。しかし、憲兵に見とがめられて、詩集を顔にたたきつけられ「皇軍の将兵が戦場で血を流しておる時、お前は女とでれでれと散歩し、軟弱な詩を読んでいる」と殴られた。

翌年、学生の徴兵延期が廃止された。やがて戦場に駆り出されることになる修平は「お前は人ば殺すことのできるのか、国とは何だ、こんな日本を心から愛しているのかとさまざまに悩んだが、海兵団に入団し、予備学生になった。

「人を殺すなかれ」という教えが幼時から身に沁みていた修平は、ただ人を殺す訓練に明け暮れる日々に矛盾を感じて苦しんだ。しかしこの修平が、自殺を禁じるキリスト教の教えに反して特別攻撃隊へ志願したのはなぜか。

（勝手すぎる。修平ちゃん。あんたはいつもえて勝手すぎる）心の底からサチ子はそう思う。そう恨む。愛する者にとり残された母親や妻や恋人は一体どうすればいいのか。どう生きていけばいいのか。

時代に押し流されて生きた日本人の問題、その嘆きと悲しみがここにはある。

遠藤周作「女の一生〈第二部〉サチ子の場合」その二

明日、ぼくはちょっとした旅にでます。だが島原半島を歩いた時のように、今度は君を誘うわけにはいかない。

あの旅行はたのしかった。

早く戦争が終るといいいね。

戦争がなければ、幸田修平は文豪になっていたのだ。

あの詩まだおぼえていますか。


修平のサチ子に宛てた出撃前の遺書の一節である。修平は予備学生として航空隊で操縦の訓練を受け、卒業して任官後、特習学生となって特攻を志願した。

恋人よ
思いみよ　かの国を

二人して住む　楽しさ
かしこにて　のどかに愛し
愛して死なん
かしこには秩序と美と
豪奢と静寂と悦びと……

最後にサチ子に逢った時、幼年時代からのなつかしい思い出がある廃屋で読み聞かせたボードレールの「旅への誘い」の一節である。

暗い時代だった。教会も戦争に反対できず、戦争協力の道をあるいた。修平は教会にも不信を抱き、入隊を前にして苦悩の日々を送った。しかし、取り締まりはきびしくなって、身のまわりからも警察に連行される信者が出た。修平やサチ子の周辺にも刑事がつきまとった。サチ子は毎朝大浦の天主堂に通い、苦しむ修平のために祈った。

兵隊検査で帰って来た修平は入隊がきまり、ほとんど毎日、こどもの日からの幸せな記憶がある廃屋で、サチ子と短い時間を過ごした。残された日は短い。戦争を無視してその一瞬一瞬をむさぼり味わいつくし、それを最後の生の証《あかし》にしよう。そんな切実な思いの日々であった。

二人は日帰りで島原に行き、美しい風景を楽しみ、子どものように浜辺で遊んだ。カトリック信者の修平はおさななじみとして、兄妹の関係をこえてはならぬと思っていた。しかし、帰らねばならぬ時間が来たとき時、サチ子は帰るのは嫌だ、いつまでもこうしていたいと強くいった。そのとき修平ははじめて、いままでにない女としてのサチ子を感じた。

修平は東京にかえり、予備学生になり、特攻を志願した。やがて死ぬ身にサチ子の運命を支配する権利はない。手紙にくりかえし、自分を待つな、いい人があったら結婚しろと書き送った。毎朝、大浦の天主堂で修平の無事を祈るサチ子はそれを恨めしく思った。二人がただ一度だけ接吻したのは、特攻を志願した修平と最後に逢った時だった。

特攻を志願したのは、戦争の時代を生きるさまざまな日本人の苦しみ、同時代の青年たちの苦しみをともに生きずにはいられなかったからだと、修平はサチ子と東京の牧師に宛てた遺書に書いている。

二人の愛は、抵抗できぬ大きな黒い運命の潮に押し流されなければならなかった。サチ子は修平をあまりに自分勝手だと思う。しかし、結婚し子どもも育ったサチ子の胸に、若くて死んだ修平は、あのボードレールの詩とともにながく生き続けた。

「女の一生」は一九八二年、朝日新聞社より刊行された。新潮文庫に収録。

灰谷健次郎「太陽の子」その一

半年で、おとうさんはすっかりかわってしまった。自分の方からおしゃべりはしなくなった。いつのまにか、笑うことを忘れてしまっていた。ふいに、ふうちゃんを抱きしめて泣いてみたり、長い時間部屋のすみで考えごとをしていたりする。思いついたように店におりて煮炊きを手伝うと、砂糖と塩をまちがえているのである。

戦後三〇年ごろのことである。

〈てだのふあ・おきなわ亭〉は港の近くにある大衆的な沖縄料理店で、夜になると港や工場で働く沖縄出身者のたまり場になった。常連は泡盛を飲みながら夜おそくまでしゃべり、歌をうたって楽しく過ごした。故郷を遠く離れて暮らす彼らの唯一の安らぎの場であり、心を許した交流の場であった。

〈てだのふぁ〉というのは太陽の子という意味で、この店をはじめるときおかあさんのおなかの中にいたふうちゃんのことだという。小学校六年のふうちゃんは生き生きした利発な少女で、常連の誰からも可愛がられた。〈太陽の子〉というにふさわしい子だった。

父も母も沖縄出身で夫婦仲もよく、商売も繁盛し、ふうちゃんを可愛がって、ことあるごとに故郷の自然や子どものころの記憶を語り聞かせた。幸福な親子三人の暮らしだったが、このころ急に父の様子がおかしくなった。精神が不安定になり、時どき何かにおびえ、発作をおこすようになった。

特別料理につかう黒い棒のようなイラブー（海へび）の燻製をむしりながら「ふうちゃんが殺されるやろが、ふうちゃんが殺されるやろが……」と、何度もつぶいている父の異様な姿にふうちゃんは衝撃を受けた。

ふうちゃんがアキレス腱を切って救急車で運ばれたときもパニックに陥って、ふうちゃんを探しにときちゃんの家を訪ね、わけのわからぬことを言って警察に通報され、連行拘留されるという事件がおこった。

医者は〈心の病〉だと言い、沖縄ではいろいろなことがあったらしいから、そういうことが原因ではないかと言った。

ふうちゃんは故郷をなつかしがる父の心を慰めようと、全店を沖縄の草花遊びで飾りたてる催しをした。ギッチョンチョンとギンちゃんが手伝い、おとうさんが飾りつけをした。店全体が沖縄のようになったとみなは大喜びした。

ところがろくさんが見えなくなった。戸外に出て、手にふうちゃんのこしらえたアダンの風車をしっかりにぎりしめ、なにかつぶやいては、すすり泣いているのだった。ろくさんのつぶやきをきいたふうちゃんは、いっしゅん凍りついた。そしてとつぜん、仁王だちになってイラブーのくん製を引きさいたおとうさんのことばがよみがえった。ふうちゃんはくらくらめまいがした。

ろくさんは赤ちゃんの名前を呼びながら泣いていたのだった。

ろくさんは旋盤工だったが左腕がなかった。二五歳で一〇歳年下のおとうさんとともに沖縄で敗戦をむかえ、その後神戸へ出て来たのだった。沖縄でおとうさんとろくさんに何があったのか。父も母もそのことについては何も話してくれなかった。ふうちゃんは沖縄について知りたいと思い、ギッチョンチョンの住居を訪ねた。

ギッチョンチョンは集団就職で沖縄から神戸に来て工場で働いていた。沖縄についての本を集め、沖縄についてはよく知っていて、仲間に沖縄博士とよばれていたのである。

灰谷健次郎「太陽の子」その二

ええか、この手をよく見なさい。見えないこの手をよく見なさい。この手でわしは生まれたばかりのわが子を殺した。赤ん坊の泣き声が敵にもれたら全滅だ、おまえの子どもを始末しなさい、それがみんなのためだ、国のためだ——わしたちを守りにきた兵隊がいったんだ。沖縄の子どもたちを守りにきた兵隊がそういったんだ。みんな死んで、その兵隊が生き残った。……この手をよく見なさい。この手はもうないのに、この手はいつまでもいつまでもわしを打つ。

ギッチョンチョンの部屋でふうちゃんは戦争時代の沖縄の写真を見た。艦砲射撃と空からの爆撃で、穴だらけになった沖縄の南部、火焔放射器で洞窟の中の人間を焼き払っている米軍、手榴弾で自決した人々、「のどを突いたり、腹切って死んだ人もある」とギッチョンチョンは説明した。写真を見ていたふうちゃんは突然吐いたが、それでも見ることを止めなかった。

ふうちゃんの心をとらえたのは写真の中の人びとの顔だった。首里のお墓の中から助け出され、やなぎごうりの中に入れられていた幼い姉妹がおかあさんのおさないときのような気がした。

両手をあげて駈けてくる一二、三歳の少年はおとうさんかもしれない。銃を持ったアメリカ兵の前に、家族と思われる人たちがすわらされていた。不安と恐怖におののく人々を前にアメリカ兵は笑っていた。洞穴から姿をあらわした避難民は何を身にまとっているのかもわからず、はだしで、ひどく見すぼらしかった。ふうちゃんはその中に、ろくさんやゴロちゃんがいると信じたかった。草むらに転がっていた母子のしゃれこうべ。その小さなしゃれこうべはろくさんの子どものミチコさんだと思った。

二五歳のろくさんは大工だった。日本兵は国のため「テンノウヘイカのため死ね」と言って手榴弾を渡した。みんながかたまっている真ん中でろくさんは手榴弾の信管を抜いた。みんなは死んだがろくさんは片手を失って生き残った。その手は生まれたばかりのわが子を殺した手だった。「この手はもうないのに、この手はいつまでもいつまでもわしを打つ」ろくさんはキヨシ少年を取り調べにきた警察の男にはげしく言った。

キヨシは沖縄に生れ、子どものときに親から離れて一人で大阪に連れてこられた。母はキヨシが子どものころどこかへ行ってしまった。キヨシは猫の餌の残ったのをこっそり食べるような生活をして、九歳のときから警察沙汰をおこし、やがて極道の仲間になった。

このキヨシを〈てだのふあ・おきなわ亭〉の仲間たちはやさしく見守り、面倒を見た。それぞおれに人に言われぬ苦しい過去を持つ人々のやさしさが、自分を捨てた母を決してゆるそうとせず、世間を信じない反抗的なキヨシの心を和らげた。

母は米兵に犯され、妊娠して家を出たのだった。極道仲間がキヨシの復帰を求めてはげしく襲いかかったとき、無抵抗でそれに耐えたキヨシはあらゆる苦難に耐えて生きてきた母をおもっていた。しかし、「根性ないな、オキナワは」とあざけられると、よろよろ立ち上がり、はげしく反撃して相手を傷つけた。警察がキヨシの過去と「過剰な郷土意識」を問題にし、傷害罪に問おうとしたとき、日ごろは無口でやさしいろくさんは「あんたたちには、この子のかなしみがわからんのか。沖縄のかなしみがわからんのか」と、衣服を脱いで腕一本しかついていない胴体を示し、怒りをこめて「この手を見なさい。よく見なさい」と言ったのだ。

一九三四年（昭和九）―二〇〇六年（平成一八）。神戸市生まれ。定時制高校卒業後、大阪学芸大学（現・大阪教育大学）卒。小学校教師を勤めながら、創作に携わる。教員退職後、沖縄やアジア各地を放浪する。一九七四年、ミリオンセラーとなった「兎の眼」で児童文学者として出発した。代表作に「太陽の子」「天の瞳」「海になみだはいらない」など。「太陽の子」は、一九七八年、理論社より刊行された。角川文庫に収録。

大田洋子「半人間」

一九五二年の現在、なににあざむかれているのかわからないが、あざむかれているという意識には、確かな手応えがあった。考えてゆく階段の幾つ目かで、自殺する手がかりをつかむとか、ひと思いに気を狂わせてしまうとか、そういうことがないとは限らないと、篤子は思い込んでいるのだ。篤子は死や発狂の思いを極力警戒していなければならなかった。

篤子は〈原爆作家〉とよばれ、毎年七月、八月が来ると各放送局から談話の以来が殺到した。篤子はその日のことを語るのが苦痛だった。その日とその時間に、もっともはげしい追憶の苦闘が篤子の胸にみなぎるのだった。

その日の記憶のために不眠症になった。眠りかけると、頭のなかを屍体の行列が通って、一睡もできなくなり、蕁麻疹に苦しんだ。抗ヒスタミン剤の注射をうつと蕁麻疹がひいてぐっすり眠れた。篤子はその注射を自分でするようになり、原子爆弾からうけた心理の損傷を、その薬品の麻酔で消そうとした。軽い酒の酩酊のような、快い麻痺が得られた。注射の本数はたちまちふえ、やがては効かなくなった。

戦後七年、朝鮮半島では民族相撃つ残酷な戦争がつづいていた。米ソの核兵器競争は激化し、いつ核戦争が起こるかわからぬ不安が人類の上にのしかかっていた。日本は再軍備にふみきり、篤子の住むあたりにも米軍のための巨大な施設と同時に、保安隊（自衛隊の前身）の駐屯施設ができて、ラッパの音がひびき、大きなトラックが地響き立てて頻繁に往来した。毎日、朝鮮に向って飛行機が飛んでいった。

「夏の花」を書いた原民喜は前年の三月自殺した。「おのれの体験の原子爆弾の記憶の脅迫と、朝鮮動乱から感得せずにはおれぬ戦争拡大への不安から、自己をうしないはじめて、自殺したのである」と篤子は語り、自分も民喜のようになりそうだと訴えた。

篤子の不安は原爆の記憶だけではなかった。それは未来への不安な感覚と密着していた。原爆の講演に応ずる意志はあったが、当日、一都市がどんな光景を呈したか、それがその後の人間の肉体上にどんな変化を起したかを、現象的に述べるだけにとどまることができなくなっていた。それが篤子を不安にし、講演をためらわせるのである。

篤子は同じ日に被爆した親しい友人に「わたしは自分が死ぬことよりも、人をころしそうで、それがこわいの。あなた、ころしたくないの？　原子爆弾をつかったやつ」と言う。

国家に対する不信、世界や人間や社会への不信、さらには自分自身の肉体と精神への不信、さまざまな不信に翻弄されて、この不信のよってくるものに抵抗して生きようとする強い自己がない。この「自己への不信」が篤子の不安を極大化した。

現実から逃避するか、自殺するか、この現実を突き抜けていい作品を書くか。

「原爆娘」とよばれた少女たちが上京して治療を受けることになり、マスコミでもてはやされていたが、篤子が親しくしていた娘はぜひ会いたいと電話してきたのに、監督の牧師は篤子の夫がマルクス主義者で、篤子も危ないと言って面会を禁じた。

娘の下唇は唇の形をうしない、歯茎をむきだして下に大きく垂れ下ったまま、とじることができなかった。食べるものがこぼれ出て膝に落ちた。娘と食事をするたびに吐気がきたが、篤子は無理矢理たべた。娘は「お母さんは、あたしがこんなになってから、あたしを憎んでいます。姉と弟にだけ愛情をそそいでいるんですよ」と言った。篤子はこの娘一人のためにもたたかうつもりになった。

「半人間」は一九五四年『世界』三月号に発表された。

一九〇六年（明治三九）—一九六三年（昭和三八）。広島市生まれ。進徳実家高等女学校卒。上京し、「女人芸術」などに作品を発表。一九四五年、疎開のため広島市に帰郷中、被爆する。占領軍による表現規制のもとで「屍の街」を書き、「原爆作家」としての地位を確立する。「新婦人しんぶん」に小説連載中、心臓麻痺で急逝した。代表作に、「人間襤褸」「夕凪の街と人と　一九五三年の実態」など。

「半人間」は一九五四年『世界』に発表された。講談社文芸文庫『屍の街・半人間』に収録。

大田洋子「屍の街」その一

河原の人は刻々にふえ、重い火傷の人々が眼立つようになった。はじめのうちはそれが火傷とはわからなかった。火事になっていないのに、どこであんなに焼いたのだろう。ふしぎな、異様なその姿は、怖ろしいのでなく、悲しく浅間しかった。せんべいを焼く職人が、あの鉄の蒸焼器で一様にせんべいを焼いたように、どの人もまったく同じな焼け方だった。普通の火傷のように赤味がかったところや白いところがあるのでなくて、灰色だった。焼いたというより焙ったようで、焙った馬鈴薯の皮をくるりとむいたように、その灰色の皮膚は、肉からぶら下っているのだ。

八月五日は一晩中警報がつづいて、解除になったのは六日の七時過ぎだった。それから床に入った「私」は蚊帳のなかでぐっすりねむっていた。そのとき「私」は、海の底で稲妻に似た青い光につつまれたような夢を見たのだった。するとすぐ、大地を震わせるような恐ろしい音が鳴り響いた。

気がついたとき、「私」は微塵に砕けた壁土の煙の中にぼんやり佇んでいた。朝はやくあんなに輝いていた陽の光は消えて、梅雨時の夕ぐれか何かのようにあたりはうす暗かった。

「私」は東京で仕事ができず広島に帰ってきていたのだった。母と妹と、妹の女の赤ん坊と、女ばかり四人住んでいた。妹の良人は六月末に二度目の応召をして、それきりどこにいるともわからないままであった。

「私」の寝ていた二階にはなんにも見えなかった。蚊帳や寝床さえもあと形もなかった。枕元にあった防空服も防空帽も時計も本もないのだ。その代り外は平素見えなかったところまで、見渡す限り壊れ砕けた家々が見えた。

階段は板や瓦や竹でふさがっている。血まみれの妹が化物のような顔に変りはてて、階段の途中まであがって来た。白い洋服は染めたように真赤になり、白い布で顎を釣った顔は紫の南瓜のように腫れていた。

やがて火の手が方々に上がりはじめた。私たちはバケツと雨傘を持っただけで、背負袋を背負って倒壊した町を河原に避難した。何の欲もないうつけた心であった。

避難者はあとからあとからと詰めかけて来た。たれもかれも怪我をしていた。河原は負傷者だけの来るところかとも思われた。顔とか手足とか、着物から出ているところを、なんで切ったのかよくわからないが、五ヵ所も六ヵ所もの裂傷を受けて血だらけになっていた。

ほとんどの人が上半身はだかであった。どの人のズボンもぼろぼろで、パンツ一つしかつけていない人もあった。その人々は水死人のようにふくれていた。顔はぼってりと重々しくふくれ、眼は腫れつぶれて、眼のふちは淡紅色にはぜていた。どの人もみな、蟹がハサミのついた両手を前に曲げている形に、ぶくぶくにふくれた両手を前に曲げ空に浮かせている。そしてその両腕から襤褸《ぼろ》切れのように灰色の皮膚が垂れさがっているのだ。

熱い白砂の上には、点々と人が坐り、佇み、死んだように横たわっていた。火傷の人たちの吐きつづける音に神経をたまらなくした。太陽の暑さと火事の焰の熱さとで、いつの間にか流れの水の傍へひきよせられて行った。そのあたりには火傷の兵隊たちがいっぱい、仰向けに倒れていた。

大田洋子「屍の街」その二

西の家でも東の家でも、葬式の準備をしている。きのうは、三、四日まえ医者の家で見かけた人が、黒々とした血を吐きはじめたとき、今日は二、三日まえ道で出会ったきれいな娘が、髪もぬけ落ちてしまい、紫紺いろの斑点にまみれて、死を待っているときかされる。

死は私にもいつくるか知れない。私は一日に幾度でも髪をひっぱって見、抜毛の数をかぞえる。いつふいにあらわれるかも知れぬ斑点に脅えて、何十度となく、眼をすがめて手足の皮膚をしらべたりする。蚊にさされたあとの小さな赤い点に、インクでしるしをつけておき、時間か経ってから、赤いあとがうすれていれば斑点ではなかったと安心する。

八月六日の夜は河原で野宿した。夜になると遠くの方から間の伸びた呻き声がきこえて来た。単調な呻き声は低く沈んで、あちこちから聞こえた。夜があけると、一夜苦しみつづけた人々が死んで行った。

河原から見える限りの山はまだとろとろと燃えていた。猛火の燃え落ちた町は太陽の下で見る影もない残骸をさらしている。

三日目になると、河原は死臭に満ちていた。明るくなると、昨日まで生きていた人が方々に倒れて息をひきとっている姿が見え出した。河原には五つばかりの女の子が手を投げ出し、横ざまに倒れて、昼寝のように死んでいた。水際には赤ん坊が焦げた全身を陽に照らして亡くなっていた。軍の小舟が河に来て、重傷の兵隊たちと屍とを積んで去った。宮島の少年の死体はくずれかけてまだそこにあった。

三日目、ようやく罹災証明書を手に入れ、故郷の玖島の知人宅に仮寓するために出発した。途中、見知らぬ人の家に泊めて貰うなど苦労して、乞食のような姿で、かつては旧家を誇っていたが、いまは住む家もなくなった故郷に帰って行った。

玖島には多数の罹災者が帰って来ていたが、八月一五日以後、二〇日すぎから突如として〈原子爆弾症という恐愕にみちた病的現象〉が現れはじめ、人々は累々と死んで行った。火傷は相当大きな火傷でも治癒したが、どんなに小さくても切り傷がある患者は、やがて斑点が現れ、紫紺いろの斑点にまみれて死んで行った。原子爆弾が人類最初の経験でその被害がどれほどのものか、原爆症がどんなものか想像もできなかった。すべては未知の世界だった。世界の科学者もそれを知らず、被爆者は実験モルモットにされたのだった。「私」は周囲の被爆者が次々に死ぬなかで、自分もやがて死ぬことを覚悟し、自分が経験した人類未知の世界を書き残しておこうと、死に脅かされながら書き急いだ。

被爆当日一切を焼失し、ペンや原稿用紙はおろか、一枚の紙も一本の鉛筆もなかった。寄寓先の家や村の知人に、障子からはがした茶色に煤けた障子紙や、ちり紙や、二三本の鉛筆などをもらって、いままでに表現されたことのない、思い出すのが辛い悲惨な経験を書きつづった。〈背後に死の影を負ったまま、書いておくことの責任を果してから、死にたいと思った。〉と作者は一九五〇年版の序文に書いている。

戦後間もなく書き上げられたこの作品は、占領軍に発表を禁止され、一九四八年一一月に一度出版されたが、多くの大事な場所が削除された。一九五〇年にはじめて冬芽書房から、検閲も削除もない状態で出版されたのである。

「屍の街」は占領軍による発表禁止ののち、一九四八年中央公論社より削除されて発表された。講談社文芸文庫『屍の街・半人間』に収録。

城山三郎「大義の末」その一

キリストを仰ぎ、釈迦を尊ぶのをやめよ、万古、天皇を仰げ。
天皇に身を奉ずるの喜び、なべての者に許さることなし。その栄を喜び、捨身殉忠、悠久の大義に生くるべし。
皇国に生れし幸い、皇道に殉ずるもなお及び難し。子々孫々に至るまで、身命を重ねて天皇に　帰一し奉れ……。

杉本五郎中佐著『大義』の一節である。この本を柿見は、戦後、さまざまな噂をおそれて戦争に関する本の多くを処分したあとも、ひそかに保存していた。若い体操教師の高橋（予備役陸軍少尉）がすすめたものだったが、そのころの柿見たちの胸にりんりんと迫るものがあり、「汝、我を見んとせば尊皇に生きよ。尊皇精神のある処、常に我在り」に始まるくつかの節を暗誦したこともあった。

戦争の時代、ひたすら天皇を尊崇し、思慕し、天皇のために死のうと思い詰めた少年たちがいた。彼らは具体的には天皇についてなにも知らなかった。エゴイスティックな大人たちの醜悪な現実を厭い、美しい生き方を求めて、至高至尊の天皇の幻に一身を捧げた。天皇は彼らの生存の支柱であった。

天皇のために命を捧げる喜びは誰にも許される喜びではないと『大義』の著者は言う。その喜びを求めて柿見は、同級生の種村や森とともに中学四年から予科練に入隊した。すでに戦争末期のことで飛行機も軍艦もなく、回天または震洋艇という水中・水上特攻に廻されることになっていたが、はげしい訓練はつづいた。

突撃訓練中に種村と衝突して転倒し、菊のご紋章のついた銃をかばって顔面を岩盤に激突させ、前歯を折る負傷をした。このとき、種村も同様に銃をかばって胸を強打した。種村は肋膜炎になり、ろくな治療も受けずに四日後に死亡した。

種村が死んだのは広島に原爆が投下された日だった。青白い閃光におそわれ、激震が来た。西の空にきのこ雲が立ち上がるのが見えた。その日以後、特殊爆弾の被害を避けるために国防色の服装はすてられ、略帽からズックの編上靴にいたるまで、白一色が用いられることになった。

それから三日目の夜、種村の母さめと妹のひろみが遺骨を受け取りに来た。病気の父のかわりに兵事課員の肥田がついてきた。予科練の分隊は全員白の服装で、営門をはさむ道の両側に整列して、故郷に帰る種村の遺骨を見送った。

種村の兄はフィリピンで戦死した。母さめはその兄が出征するとき両手の小指を切断して「母も一緒に戦地へ行きます」と手紙を添えて送った。いま、どんな思いで種村の遺骨を迎えたか。

付き添いの肥田は柿見たちが予科練に入隊したときにも体操教師の高橋とともに引率者として同行したのだった。そのとき、高橋は種村がもっていた『大義』に母と妹の写真が挟んであったのを見つけ、女の写真などけしからんと言って大事な本で殴り、それを取り上げげた。森が取り返しに行くと、肥田はその『大義』をもてあそびながら猥談をしていたという。こんな肥田に迎えられる種村がみじめに思われた。

やがて八・一五が来る。天皇のために死のうとした少年たちが敗戦をどう迎えるか。国民を戦争に駆り立てた肥田や高橋たちはどう変貌するか。それが作者の過去が折り込まれたこの作品の主題である。

城山三郎「大義の末」その二

小指のない手の掻き鳴らす鐘は、轟然と式場に炸裂し、余韻までが幾重にもゆり返して響いて行く。式場の空気は一変した。善楽寺のだいこくさんが……。とあちこちにさざやきが起り鐘の音の重なるごとにざわめき立ってくる。その音に呼びさまされ、肉親を奪われた当時の悲しみと憤りが急速に会衆たちの胸に戻ってくるようであった。

小学校の講堂では太平洋戦争の戦死者に対する天皇の内帑金でつくられた木盃の伝達式がおこなわれていた。御真影の前に立った肥田は遺族の礼拝を受けて、木盃の小箱を一つずつ遺族に渡していた。そのとき、轟然と善楽寺の鐘が鳴り響きはじめたのである。

鐘は種村の母、二人の息子をこの戦争で失ったさめが打ち鳴らしているのだった。さめは毎日一〇時に、一九歳で死んだ息子への思いを込めて一九の鐘をつきならしていた。今日も伝達式に出席せず、いっそうはげしくつきならしたのだ。肥田は狼狽し、参列者はあらためて戦争で死んだ働き手の父や夫、息子を思う本当の感情を呼び覚まされた。さめの撞く鐘は天皇を利用したこの偽善的な式の雰囲気を破壊したのだ。

柿見が復員して故郷の駅に着いたとき、県庁をやめさせられ牛車をひいた百姓姿の肥田に出会って驚いた。肥田は悄然としていたが、やがて町役場につとめ、収入役になり、いまは町長になって、次の選挙での再選を狙っていた。

『大義』を読めと柿見たちにすすめた体操教師高橋は教職追放で学校をやめ、肥田のかわりに県庁に就職した。戦争中沈黙を守っていたシンパの西は、戦争責任追及の声をあげ、活発な活動をはじめ、教頭になった。しかし、時代が変わってレッドパージの風が吹きはじめ、学校をやめて町会議員に立候補した。それを足場に町長になろうとしたのである。

時代とともに人々は転変した。柿見が戦後いちばん感動したのは共産党幹部釈放のニュースであった。一つの思想を信じているという理由だけで、十数年という永い獄中生活を送らされていたという事実が感動させたのだ。

柿見は一切の書類を焼却せよという命令にそむいて『大義』を隠し持って復員した。東京郊外のH高校に入学し、校内を風靡する天皇制批判に取り囲まれながら、自分のすべてを賭けて、肉体の一部になった天皇への思いを捨てることができなかった。

当時の自分が空白だったとすれば自己の存在が失われると思われた。戦後の高校生からセガレと呼ばれた皇太子が来校したとき、遠くから見たその素朴な少年の姿に親愛感を覚え、〈大義〉を求める自分の存在の根拠がそこにあるような気がした。

しかし、その皇太子はT大の五月祭で原爆展をこんなつまらないものは見ないといった。H高から進学した京都K大では、天皇行幸のために大学祭で原爆展そのものが開催できなくなった。天皇はものものしい警護に囲まれ、学生に警官隊が襲いかかった。

各地をまわる天皇や皇太子は政治的に利用されていた。肥田は皇太子が来県し、G町を通過する際に拝謁の機会をつくり、それを町長再選に利用しようとし、町民を宣伝車で動員した。

高校時代に皇太子をセガレと呼び、天皇制批判を展開した大久保も、いまは会社員になって皇太子殿下とよび、その来社のために尽力している。種村さめの撞く鐘はふたたび国民を支配する天皇制の虚偽をあばきだす。柿見も「君が代」と皇太子殿下万歳の声がみちわたるなかで、セガレ、セガレーと絶叫し、警備の警官にとらえられた。

この作品は一九五九年に初版が刊行された。

一九二七年（昭和二）—二〇〇七年（平成一九）。名古屋市生まれ。一橋大学卒。愛知学芸大学教官。一九五九年、「総会屋錦城」で直木賞受賞。経済小説の開拓者と言われる。代表作に、「硫黄島に死す」「落日燃ゆ」「官僚たちの夏」などがある。「大義の末」は、一九五九年に五月書房より初版が刊行された。角川文庫に収録。

本書は、伊豆利彦が二〇〇一年八月から二〇〇七年八月までの六年余、七六回にわたって「平和新聞」(日本平和委員会発行、月三回刊)に連載したものである。明らかな誤字、誤植は直したが、他は初出のままとした。

著者の伊豆利彦は一九二六年福岡県直方市生まれ、東京大学文学部国文学科卒、日本近代文学専攻。横浜市立大学名誉教授。日本文学協会、日本民主主義文学会に所属し、研究/執筆をすすめてきた。二〇一七年一二月死去。著書に『漱石と天皇制』(有精堂出版)、『夏目漱石』(新日本出版社)、『戦争と文学　いま、小林多喜二を読む』(白樺文学館多喜二ライブラリー)、『戦時下に生きる　第二次大戦と横浜』(有隣新書)など。

文学《ぶんがく》に見《み》る戦争《せんそう》と平和《へいわ》

二〇一九年　二月　一五日　第一刷発行

著　者　伊豆　利彦

発行者　新船　海三郎
発行所　本の泉社
〒113-0033
東京都文京区本郷二―二五―六
Tel　〇三（五八〇〇）八四九四
FAX　〇三（五八〇〇）五三五三
http://www.honnoizumi.co.jp/
DTP：杵鞭真一
印刷　（株）音羽印刷
製本　（株）村上製本所

©2019, Toshihiko Izu Printed in Japan
本書のコピー、スキャン、デジタル化等の無断複製は著作権法上の例外を除き禁じられています。

ISBN978-4-7807-1923-9 C0095